KB143459

사람의 품격

사람의 품격

초판 발행 2022년 12월 14일
지은이 시계문학회

펴낸이 안창현 펴낸곳 코드미디어
북 디자인 Micky Ahn
교정 교열 민혜정
등록 2001년 3월 7일
등록번호 제 25100-2001-5호
주소 서울시 은평구 갈현로 318-1
전화 02-6326-1402 팩스 02-388-1302
전자우편 codmedia@codmedia.com

ISBN 979-11-89690-85-4 03810

정가 12,000원

시계문학 열다섯 번째 작품집

『너의 모양 그대로 꽃 피워라』를 2008년 출간한 이래 15집을 내게 되었습니다.

시계 가족님의 열정과 정성이 모아져 문학회도 10년 넘은 세월과 시간을 타고 흘러왔습니다. 옷깃만 스쳐도 인연이라는데, 흩어지고 모이면서 굳건한 틀과 뿌리를 내렸습니다

코로나로 무척 힘들어서 서로 만나 눈으로만 인사해야 하는 풍경도 낯설었습니다. 이제 어둡고 긴 터널을 빠져나오려 합니다.

터널 밖에서 기다리고 있는 문우 님들! 희망의 꽃다발을 안고 계시는군요. 세상 밖으로 나가 우리의 의지와 결심을, 똑똑 떨어지는 물이 내를 이루고 강을 이뤄 바다로 가듯, 우리의 진심이 하나둘 모여, 모여 세상을 두드리는 목어가 되고 경종이 되기를 바랍니다.

전염병 예방을 위한 통제와 제약 속에서도 시계 문우님들은 규범을 잘 지키면서 글쓰기 하여 2022년, 장소의 변경과 낯선 곳에서의 어려움도 견디며 새로운 인연들도 만나면서 창작의 열정을

불태워 왔다고 봅니다.

햇빛 사이로 나뭇잎들이 얼룩얼룩하며 푸른 잎이 가을볕에 타서 붉은 수줍음이 피어납니다. 수확의 계절, 드디어 책이 만들어져 우리의 진심과 정의가 세상에 알려지게 되었습니다.

가족보다 더한 정으로 맺어진 문우님들 수고해주신 덕분에 소박하면서도 풍성한 결실을 거두게 되어 깊이 감사드립니다. 힘든 시기임에도 저희를 다독이며 창작의 기운을 북돋워 주신 지연희 교수님의 열정과 사랑, 지도에 무한히 감사드립니다.

시계문학회 회장 **김지안**

새해에는 평온한 시간 속에서 평화롭기를

지연희(한국여성문학인회이사장)

다시 한 해가 저물고 있습니다. 코로나19의 위협이 시작되어 근 3년에 이르는 동안 많은 아픔이 전 세계적 근심으로 생명 존재의 존귀함을 위협해 왔습니다. 그 같은 불행을 이어가며 우리 모두는 참으로 깊이 경계하며 조바심했습니다. 그럼에도 오늘 현재까지 여전한 공포의 두려움은 끝나지 않았다고 생각합니다.

다가오는 새해에는 평온한 시간 속에서 자유롭고 평화로운 일상을 간절하게 기대해 봅니다. 문학이 흔들리는 사회를 계도하고 부흥시키는 아름다운 세상으로 거듭날 수 있었으면 합니다. 대한민국 모든 국민들이 다 시를 쓰는 사람들이 된다면 참으로 아름다운 세상이 될 것이라는 말씀을 남기신 분이 생각납니다. 작고하신 시인 황금찬 선생님입니다.

시는 어둠의 공포에서 떨고 있는 연약한 미물들의 불씨가 되어야 합니다. 수필 또한 절망의 그늘에서 고개를 숙인 소외된 존재를 향한 따사로운 등불이 되어야 합니다. 굳건히 딛고 일어서 오늘의 피폐한 삶을 이겨내는 일에 문학인 모두가 앞장서야 할 과제를 등에 지고 있습니다. 월드컵 경기장의 선수들이 한 점의 리드를 위하여 혼신을 다하는 모습을 보았습니다. 승리를 위한 값진 땀방울의 선물이 아닌가 싶습니다.

Contents

Contents

임정남

나뭇잎 한 잎 두 잎 떨어질 때면
감나무 밑에서 홍시를
밤나무 밑에서 알밤을 줍던
그 시절이 그립다

시

감꽃이 떨어질 때면
나의 햇살
머뭇거리다가
이 층 버스를 타고
얼룩진 가을

약력

경북 영주 출생. 2009 계간 『문파』 시 부문 신인상 당선 등단. 안동 교대 졸. 교사 역임. 국제 PEN 한국본부 회원, 한국 문인협회 위원, 문파문학회 회장 역임, 문인협회 용인지부 회원, 시계문학회 회장 역임. 수상 : 제9회 문파문학상, 제2회 시계문학상. 저서 : 시집 『눈부시게』 『비로소! 보이는 것은』 『낮달』, 공저 『너의 모양 그대로 꽃 피어라』 『가을 햇살 폭포처럼』 외 다수.

감꽃이 떨어질 때면

올해는 벌써
감꽃이 피고 지고 피고 지고
떨어진 자리에는
하염없이 흔들리고 있는 작은 영혼

봄 푸른 잎 속으로 들어가
꽃을 주워 먹기도 하고
목걸이 만들어 목에 걸어 주던
어릴 적 친구들 그리운데

풀 향기 가득한 웃음으로
푸른 하늘 쳐다보며
구름처럼 외로이 헤매다가
웃고만 서 있는데

봄아!
내 곁에 있어 다오
덜 삭은 추억이 자꾸 생각나
초록 잎사귀 사이 피어나는
동화 속 그림처럼
꽃과 나무에 숨는다

나의 햇살

너의 존재를 잠시 잊고 지내던
힘들고 숨이 찬 시기에도
산과 들을 걸을 때에도
건물 사이 갈기갈기 찢기는
바람 사이에도

어둠 속 까치 울음 속에서도
비에 젖어 촉촉한 마음
이파리에 숨어있어도 활짝 웃는
숲을 건너 하늘 향해 가면서
어린 시절 기억이 몽실몽실 떠오르는 날에도

마모된 꿈과 낭만을 다시 쓰게 하는
해와 달이 지나갈수록
출렁이는 세월 속에서도
바람에 날리는
젖은 그림자 안에서도 일어서는

비추어지는 마음
점점 붉어지는 사랑
영원한 미소를 띠고 이별의 종착역까지
속 깊은 햇살이 비출 것이다

이 층 버스를 타고

구름을 타고 가는가
바람을 타고 가는가
세상은 눈 밑에서 아롱거린다

눈 들어 문득 바라보던
흰 구름 속 더 높아진 하늘
마음속 인생 굽이 또- 한 번
쓸쓸하고 쌀쌀맞다

이 길 따라 바람 따라
산 그림자 슬며시 지나가는데
산다는 것은 흘러가는 것

먼-길 나그네
또 한 굽이 넘어가는 이 층 버스에서
그 좋은 추억과 어우러져도 좋은 계절
찌들었던 가슴으로
한 줄기 별똥별이 지난다

막힌 마음 감싸 안으며
높아진 푸른 산
흰 구름 둥둥 높이높이 떠간다.

머뭇거리다가

순한 너를 뉘어 놓고
내가 너를 떠날 수 없는
유일한 순간
머뭇거리다가
잠들지 못하고 새벽을 맞았다

어정어정
똑똑한 시간을 보내지 못하고
머뭇거리다가
곤한 잠에 빠졌더니
어느덧
저녁노을에 서서

그 골똘한 망각 속에서
힘센 허기는 어디에서 오는 걸까
이승과 저승 사이에 서서
시절 인연이 끝날 수 있는 길이를
늘릴 수 없는 공간에 이르러

머뭇머뭇

오늘도 잠자리에 누워
멀뚱멀뚱 시간은 지나가고
쓸쓸해지는 마음
머뭇거리다가
아침 햇살도 소문 없이 지나갔고
저녁에 달그림자 쳐다보고 있다

얼룩진 가을

매끄럽지 않고 우툴두툴한 마음으로
집을 나서는 그 사람
출렁이는 파도 소리처럼 몸과 마음이 갈려
팍팍한 심정을 이해해 주면서

시절 좋은 가을이라 해도
나는 누구인가? 다시 생각하면서
산도 들녘도 차츰 비어갈 시간인데

우리는 어디를 향해 가야하는
마침표는 보이지 않지만
저무는 길목에 서니 져버린
숲길처럼 휑하니 앞이 보인다

저녁이면 창으로 달빛도 들어오고
우수수 바람 소리도 들리고
달빛 아래 어정거리기만 하여도
넘치고 충만할 뿐이다

그럼에도!

세월도 천천히 흐르는 곳
반쯤은 깊고 아늑한 골짜기
시냇물 가다가 머무르는 곳
그곳에 가서 끝없이 살고 싶지만

때때로 영화 같은 삶을 꿈꿔 보기도 한다

일상에 구겨지고 얼룩 진 우리들의
마음을 각각의 색으로
눕고 사라지는 법을 배워야겠다

김옥남

어느새 나뭇잎은 쓸쓸하게 피어나고
수없는 서늘함이 옷깃에 스며든다
말없이 밀어붙이는 달빛
서서히 스며든다

시

약력

경북 안동 출생. 2010 계간 『문파』 시 부문 신인상 당선 등단. 한국문인협회 저작권옹호위원, 사)한국여성문학인회 회원, 한국문인협회 용인지부 사무국장, 문파문학회 이사, 시계문학회 회장 역임. 수상: 용인시 문인협회 공로상(2013), 경기도의회의장상(2018), 용인시장 표창장(2021년). 저서: 시집 『그리움 한 잔』 (2019 용인문화재단 문예진흥기금 수혜 받음).

갇힌 사람들

날이 갈수록 철옹성이다
6월 첫날이 지나면 고요가 찾아올 줄 믿었다

세상의 중심에 서 있다고 우쭐대는 사람들
넌 까마귀 난 백로, 귀 없는 입으로 소리친다

착각과 환각의 늪, 허울 좋은 도리道理
날름거리며 모든 걸 태우려는 불의 혀가 되었다

서로를 할퀴며 꼬리에 꼬리를 물고 달린다
계곡과 계곡 사이, 외줄 타기 하듯 아슬아슬하다

할 수만 있다면 옹골찬 씨앗
기름진 땅에 뿌리고 싶다

이젠, 햇살 품은 푸근한 가슴으로
서로의 온기 나누었으면-

어미 품을 벗어난 새

날개깃 하나 삐죽 솟았다
불안한 눈동자 절뚝거리는 다리
잔뜩 겁에 질린 채 떨고 있다

두려움으로 몸을 떨면서도
성치 않은 날개를 퍼덕거린다
괜찮아 괜찮아 달래 보지만
막무가내로 뛰쳐나가려고 한다
아직 어미 품에 있어야 할 나이
자유롭게 날 수 있을 거라 믿은 결과는 참담하다

어미 품을 벗어나 보헤미안이 되고 싶었던 걸까
목숨을 잃어버릴 뻔한 어리석은 행동
이른 욕망이 큰일을 내고 말았다

물을 주며 달래고 다독이니
진정이 좀 된 것 같다
늦기 전에 의사를 만나러 가야겠다

그네

마알간 연둣빛의 계절이 곁을 줄 때
그림자 하나 그네를 탄다

먼발치에 서 있는 그대의 허상
요동치는 동공은 춤을 춘다

아지랑이가 된 그리움
흐느적흐느적

우연히 마주치는 날
다시, 가슴 뜨거워질까
허무한 바람이 술렁인다

단상, 되풀이

잔잔한 물비늘 울렁거리는 파도다

깊은 곳에 가라앉아 있던 통증 숨쉬기조차 힘들다

시간의 흐름 속에 녹아내린 먹먹함 다시 요동을 친다

흩날리는 꽃잎도 아픔으로 멈춘 그날
우두커니 서 있는 고목조차도 가시가 된다

빼내려 하면 할수록 더 깊어지는 가시 온몸을 지배하는 고통
시간을 곁에 두고 조용히 눈을 감는다

휘몰아치는 물결 속에 갇혀 떠오르지 못하는
그대, 숨결이 그립다

주인 없소

한때는 둘도 없는 사랑이었으리라

길섶 넝마를 걸친 모습으로
언제나 그 자리, 망부석 되어
비바람 맞으며 누군가를 기다린다

지나가는 발자국 소리에 힘을 내어
사람들과 눈을 맞춘다
외면하며 지나가 버리는 사람들
수많은 발자국 소리, 무심히 떠나간다

때론 바람이 옆에 앉았다 가고
햇살은 가까이 다가와 위로를 건네기도 한다
붙잡고 싶어도 붙잡을 수 없는
서서히 멀어지는 붉은 해 저문다

애끓는 기다림이다

손거울

가을이 짙어 간다
푸른 잎이 노랗게 물들고
노란 잎이 저녁노을에
붉고 곱게 물든 저녁
서쪽 하늘 바라보며
혼자 미소 지어 본다
나도 저렇게 물들고 싶다
꽃보다 고운 단풍

시

흙탕물
너와 나
배추 모종

수필

그리운 나의 또래들
젊은 눈동자

약력

계간 『문파』 등단. 한국문인협회 회원, 용인문인협회 회원, 시계문학회 회원. 저서 : 수필집 『구구야』 『울 엄마 치마 끈』, 공저 『바람이 창을 두드릴 때』 외 다수.

흙탕물

지루한 장맛비
많은 비에 도랑물이 검붉다

비 걷히고
오랜만에 햇살 나오니 산골 길가 웅덩이
파란 하늘 흰 구름도 머물다 간다

험한 기슭 거슬러 피라미 떼 송사리 떼 제집 돌아오는데
뒷걸음 잘 치는 가재와 게는 잽싸게 굴 파고 몸 숨기며

큰 집게발 사방 돌아가는 눈
길 잃은 송사리 길목 지킨다

언젠가 또다시 큰 비 내려 흙탕물 되면
한몫하려고 때를 기다리는데
방향 감각 잃은 피라미들은 천방지축이다

졸졸 흐르는 맑은 수량이 점점 얕아지니
송사리 떼 자유롭게 헤엄칠 물 마를까 애타는 심정

너와 나

무더운 날
노오란 박스에 빼곡히 담겨 짐차에 실려
어디론가 떠나는데

몇 시간 후면 그들에게 닥칠 운명을 모른 채
한 모금 공기라도 더 마시려 뚫어진 구멍으로 연약한 날개를 바동거린다

알에서 태어난 지 단 37일 짧은 삶
복날 탕을 즐기려는 사람들의 입맛 맞추려
떠나는 길

삼계탕집
내 눈과 마주쳤던 애처로운 병아리 눈동자 생각에 건너
흑염소탕 집으로 향한다

직접 농장에서 염소를 잡아 온다는 주인의 침 튀기는 선전에
애타게 다가오는 떠나는 가족 염소의 울음소리

국물이 몸에 좋다고

다 마시라는 식구의 성화에

나는 누구며 너는 누구냐
너와 내가 꿀벌과 꽃처럼
상생할 수는 없단 말인가
이 세상에서 나와 너로 살면서
먹고 먹히며 살아야 하나

국물이 목구멍 넘어가다
입 안에서 씁쓸하다

배추모종

연약한 연둣빛 몇 개 잎을 단 모종 한 포기
모처럼 커튼 열고 해님이 인사하시는데
꽃삽을 타고 있다

흰 실타래처럼 엉킨 애기 주먹만 한 뿌리 덩이
주어진 땅속에서 온몸을 지탱하고자 하는
튼실한 결기, 생명의 신비를 본다

이 순간 삽 잡은 손이 파동을 느낀다
내가 지금 생명을 다루는구나
삶과 죽음을 결정한다는 책임감이 손에 무겁게 다가온다

꽃도 열매도 기대 못 하지만
점점 사위어져 가는 햇살 고이 품으며

속살 갉아 먹으려는 붉은 해충들의 음모를
강력한 푸른 겉잎으로 겹겹이 감싸며
노오란 속살 채워 가리라

머리에 된서리 휘덮을 그날까지

알찬 한 포기 만들어 맑은 하늘 아래
세상에 내어놓기를 흙 묻은 두 손 모은다

그리운 나의 또래들

내가 자란 고향은 골짜기다. 산이 병풍처럼 둘러싸여 있는 동네다. 또래가 남자만 20명 정도 자랐다. 논밭이 적어 살기가 어려웠지만 부모들이 아이 농사는 상대적으로 열심히 이루어 아이들은 많았다. 또래가 80세를 넘긴 지금 남은 동무들을 헤아려 보니 확실한 숫자는 아니지만 남자만 20여 명 중에서 7~8명 정도 살아남았다. 국가 통계에 의하면 전체인구 중 80세까지 사는 인구는 30% 된다니까 우리 또래도 20여 명 중 7~8명, 그 정도는 평균에 가깝다고 할 수 있다.

우리는 밥숟가락 놓으면 어울렸다. 아쉬운 것은 배를 채우는 문제지만 어느 방향에도 해결책은 보이지 않았다. 가끔 있는 마을에서 있는 잔치였다. 결혼식, 회갑연 등이었다. 이 기회에 배를 채울 수 있는 좋은 기회였다. 잔치에는 대부분 돼지를 잡았고 이때 돼지 오줌통이 우리들에게 고무공 대신 신기한 공이 되어 주었다. 오줌통에 입으로 바람을 불어 풍선을 만들어 축구도 하고 피구도 하지만 한창 재미있게 놀다 펑! 하고 터지는 날에 우리의 재미도 허탈하게 모두 끝나게 된다.

초등학교 다닐 때 그 많은 친구 중 내가 가장 어렸다. 모두 나를 동생처럼 보살폈다. 가장 큰 영향을 미친 동기는 분이, 6촌 누나다. 한 살 위인 누나는 정신 연령에서 엄청 차이가 났다. 초등학교 입학 전부터 돌봐 주었다. 어릴 제 누나는 나를 데리고 처음 먹어보는 찔레를 꺾어주고 밀이 자라면 비벼서 알맹이를 씹어 껌을 만들어 내 입에 넣어주곤 했다. 씹던 껌은 밤까지 씹다가 잘 때는 벽에 붙여 두고 아침이면 또 떼어 씹다가 썩어서 버리곤 했다. 자라면서 늘 옆에서 보살펴주는 친누나가 없는 자리를 늘 채워 준 고마운 누나다. 내가 고등학교 때 누나는 시집을 가게 되었을 때 많이 서운했다. 본인과 사전에 서로 만나보지도 의견도 들어 보지 못한 채 부모님들의 마음대로 그렇게 누나가 떠난 고향은 쓸쓸했다.

친구 중에는 종찬과 종부에게 영향을 많이 받았다. 종찬은 나보다 한 살 위라서 형처럼 따라다녔다. 그는 깔끔한 성격에 빈틈없는 사람이었다. 솜씨도 뛰어났다. 제기차기를 하면 발이 손처럼 날렵하다. 한번 찼다 하면 100번 이상도 예사였다. 옆에서 차는 숫자를 헤아리기도 힘들었다. 그다음은 종부다. 옆집에 같이 살았던 가장 단짝이다. 이 녀석은 동갑인데도 힘 세기는 황소였다. 어릴 때부터 일을 어른 몫을 다했다. 언제나 한결같은 친구다. 그래서 지금도 고향을 조용히 잘 지키고 있다. 그리고 종범이다. 나보다 한 살 아래지만 친화력이 아주 대단하다. 참 좋은 친구인데 밤사이 갑자기 가버렸다. 친구 중 제일 오래 살 것으로 기대했는데 밤사이 가버렸다. 살고 죽는 문제는 우리들의 힘 외에 존재하는 것을 실감한다. 너무 원통하여 한 자 적어 본다. 남은 고향 친구들아, 사는 곳이 달라 만나진 못해도 부디 건강 지켜 더는 가지 말고 오래오래 같이 살자.

종범아!

네가 웬일이고! 온 산야 녹음으로 우거지고 강남 갔던 제비는 돌아왔는데 너는 왜 가느냐? 이 사람아 찬물도 노소가 있다는데 너는 질서를 무시하는구나! 너는 나보다 나이도 적고 초등학교 2년 후배 아닌가? '오뉴월 하룻볕이 무섭다'라는데 날 두고 그렇게 먼저 가버리면 어떡하니? 너는 참으로 좋은 친구다. 먼저 보내기는 너무 아쉽다, 종범아. 너무 서럽다.

너의 그렇게 싱싱한 성격, 넉넉한 마음, 든든한 체력 다 어디에 두고 그렇게 가느냐. 하루아침에 그 먼 길로 짐을 사느냐? 한마디 인사도 없이 그리 급히 가느냐? 뭐가 그렇게 바쁘더냐? 좀 전 가물 때는 가물어 괜찮으냐고 안부 전화하고 그저께 비가 많이 오는데 피해가 없느냐고 묻던 너의 자상함을 누가 흉내 낼 수 있단 말인가? 그 다정한 목소리가 아직 귓전에 남아 있는데. 참으로 멋진 친구야! 네가 없는 고향은 온전히 전부 잃는 것 같구나. 난 늘 경주에는 내게 멋진 친구 네가 있다고 다른 친구들에게 자랑했는데 이걸 어쩌나. 때가 되어 돌아가신 내 형제 잃은 것같이 내 마음 더 서글프구나! 자랄 적엔 너의 집은 동네 친구들 사랑방이었지. 밤을 새워 놀던 때가 내 눈앞에 아련하구나! 시도 때도 없이 모여 떠들고 놀았고 인자하신 모친께서는 아무리 시끄러워도 싫은 소리 한번 없으신 천하 속 넓으신 어른이셨지! 이맘때 담벼락에 붙어 지란 고목 살구나무에 살구가 익으면 동네 애들이 길에서 돌을 던져 따 먹고 있으면 "이젠 고만 해라. 장독 깨겠다." 하시던 모친의 인자하신 모습 잊을 수 없다.

그때 그 동무들 잊을 길 없어 20여 년 전 다시 네가 직접 연락하여 흩어져 살던 옛 고향 동무들 노년에 10여 명으로 모임을 만들었지. 한 해 한두 차례 경주 대명 콘도에서 밤새워 추억을 더듬으며 즐겁게 보냈는데 코로나 때문에 3년을 못 만나고 있다. 올가을에는 꼭 만나기로 굳게 약속하고 그날을 기다리고 있는데 기둥이 무너지니 우린 어떻게 하나. "닭 쫓던 개 울 쳐다보는 격"이구나. 우리 모두 망연자실하고 있다. 범아, 보고 있느냐? 땅을 치며 통곡한들 돌아올 수 없는 다리를 건너가는 너의 뒷모습을 바라볼 뿐이다. 무엇이든지 궁

정적이던 너의 사고방식을 어려운 세상살이에서 나는 늘 한 수 배워왔다. 고마웠고 사랑한다. 그래 이제 와서 무슨 말을 하겠는가? 너도 처자식 두고 가는 마음 오죽하겠는가? 만나면 귀여운 손주 이야기했는데 너의 아쉬움 상상해본다. 남은 우리는 슬픔을 삭이며 눈물을 닦고 천국 가는 너의 여정을 빈다.

정말 좋은 친구 종범아! 이 땅에 살면서 너무 고마웠다. 종범아 우리는 이 세상이 끝이 아니고 여기서 돌아가지만 새 세상에 태어난다고 한다. 그때 우리 만나면 웃고 웃고 또 웃고 지내자 옛날처럼 얼싸안고 춤도 추자. 언젠가 우리 그곳에 갈 때, 종범아 웃으며 마중 나올 너의 모습 그리며 당장은 섭섭하게 보내지만 거기서 다시 만날 그날을 생각하며 눈물을 거둔다.

유족 여러분 얼마나 허전하겠습니까? 그러나 한번 다시 생각해봅시다. 선, 후배들 중 요양원에서 수년을 고생하고 있는 사람들을 생각하니 안타깝지만 친구는 평소 쌓은 공덕으로 죽음의 복 있는 사람입니다. 서로 위로하며 보냅시다.

잘 가거라! 종범아. 목이 메여 글을 더 쓸 수가 없구나! 사랑한다! 종범아, 멋진 친구 종범아! 잘 가거라!

22년 7월 3일

용인에서 친구 율이가

젊은 눈동자

귀한 지인의 초대로 강남에 위치한 A 한식집을 찾았다. 주말 늦은 점심 시간대인데도 자리가 없어 순번을 기다리는 손님으로 붐빈다. 이 식당은 약 60년 이상의 전통을 자랑하는 우리나라에 이름 있는 식당이다. 멀리 미국까지도 지점이 있는 것을 보았다. 한참 기다려 자리를 배정받았다. 서버들의 인사나 접시 하나 놓는 자세가 오래전 내가 몇 번 다녀본 그 식당은 아니다. 그토록 생기 넘치던 직원들의 눈동자가 빛을 잃고 있다. 반짝이는 의욕이 보이지 않는다.

주말에 지친 눈동자는 모든 것이 귀찮아 보인다. 무엇인가 하겠다는 의욕이 어디에도 보이지 않는다. 적어도 이 손님들이 나의 삶을 유지하게 해주는 주인공들이라는 생각마저 잊은 것 같다. 손님이 없으면 식당도 없고 식당이 없으면 나의 삶의 터전도 무너진다는 생각이 없어 보인다. 늦은 시간 시장기가 도는 차에 주문한 식사가 주방에서 나와 테이블 옆에 놓여 있는데도 담당 서버는 한참 동안 자리를 비웠다. 자리를 한참 자리를 비워 손님을 기다리게 했지만 사과하는 말도, 표정도 없다. 식사 중에도 상냥한 미소는 볼 수 없다. 손님이 필요한 것이 무엇인지 센스를 발휘하는 서비스 정신은 보이지 않는다. 주문하면 상추 갖다 주고 쌈장이 필요하면 불러야 온다. 눈동자가 현장에서 떠나 있는 것 같아 안타깝다.

'칭찬하면 고래도 춤춘다'라고 한다. 비단 고래뿐만 아니고 칭찬받고 자란 나무의 꽃은 더 아름답다고 어느 일본 과학자가 시험 결과를 발표한 일이 있다. 고래는 그냥 말로만 칭찬이 아니고 조련사 손에 감추어져 있는 작은 과자 하나가 그처럼 춤추게 만든다. 우리는 젊은이들에게 칭찬도, 감추어진 구체적인 꿈도 줄 수 있는 낌새가 보이지 않기 때문에 힘든 게 아닐까? 나라와 각종 지자체가 포퓰리즘에 눈이 어두워 자기 쌈짓돈처럼 경쟁하듯 국민 세금으로 현금을 뿌린다. 세상에는 공짜는 없다. 이 돈이 곧 젊은 세대에게 빚으로 넘겨질 것을 지각 있는 젊은이는 다 알고 있다.

몇 년 전만 해도 우리 젊은이들의 눈동자는 빛났다고 기억된다. 갑자기 왜 이렇게 변했을까? 시장경제가 퇴색되어 가고 꿈을 상실한 게 아닐까 싶다. 더 잘살아 보겠다는 생각은 사라지고 공짜를 기대하는 서글픈 눈동자가 아닐까? 보릿고개도 넘겼고 부모 덕분에 캥거루족이라도 먹고 사는 데는 큰 지장이 없다. 여기에 시장경제에 따른 인센티브가 사라졌기 때문이 아닐까. 열심히 하면 더 잘살 수 있다는 노력의 대가는 언젠가부터 평준화가 고개를 들기 시작한다. 이는 아마도 민주노동이란 미명 아래 인센티브가 서비스질의 하향화를 초래한 것 아닐까 여긴다. 어느 국회의원은 "조금 더 배워 정규직이 되었다고 비정규직보다 임금을 2배 더 받는 것은 오히려 불공정"이라고 한다. 우리도 모르는 사이에 사회주의 개념이 뿌리내리기 시작했다. 공산주의의 사전적 의미는 사유재산 제도를 부정하고 공유재산 제도를 실현하여 빈부 격차를 없애자는 내용으로 되어 있다. 열심히 하든 그렇지 않든 같은 대우를 받아야 한다는 논리이다.

노량진 쪽방촌에는 컵라면 하나로 끼니를 때우고 밤새워 파고드는 취준생 눈빛도 이제 더 이상 심지가 닳아 없어져 간다. 고향에 두고 온 부모님께 합격이라는 가슴 벅찬 소식을 안겨드리고 싶은 의욕도 도처에서

꺾이어져 간다. 줄만 잘 서면 아무 노력 없이 그 어려운 직장에 옆문으로 들어갈 수 있게 된다. 착실하게 자기 일에 성실하기보다는 길거리에서 붉은 머리띠 두르고 과격한 행동만 잘하면 여의도에도 진출한다. 이거야말로 불공정에 전형적이다. 이런 상황 속에서 우리 젊은이들에게 노력의 대가를 어떻게 설명하면 빛나는 눈동자를 심어주는 계기가 될까 고민해야 한다.

중국이 개혁개방을 내세워 지금 세계 2위의 경제 대국을 노리게 된 계기를 오래전 일이 생각난다. 문화혁명으로 폐허가 된 대륙에 4년이란 긴 세월 숙청이란 이름으로 천신만고 끝에 덩샤오핑이 권좌에 다시 오른다. 그는 흑묘백묘黑描白描론으로 국가 정책을 편다. 검은 고양이든 흰 고양이든 쥐만 잘 잡으면 된다는 논리다. 다시 말하면 어떤 방법으로든 인민이 잘살면 된다는 실용주의 개혁개방론이다. 이로 인해 대륙이 오랜 잠에서 깨어난다. 덩샤오핑의 직계인 성주 자오쯔양趙紫陽이 자기 성 인민들에게 공포한다. 누구든지 자기 텃밭에서 재배하거나 가축은 장마당에 팔 수 있다는 훈령이다. 이로 인해 집단 농장보다 손바닥만 한 텃밭에서 단위당 생산량은 최고 10배를 초과한다. 이것이 시장경제로 나가는 첫걸음이다. 이로 인해 쓰촨성은 중국 전국에서 가장 잘사는 성이 되었다. 이래서 쓰촨성 성주는 전국을 다스리는 총무원 총리가 되고 이 텃밭 제도는 전국적으로 실행하게 된다.

한 사람의 권력자가 펼치는 올바른 정책이야말로 나라의 운명을 좌우한다. 지금 우리는 인간의 본능인 자유와 소유욕을 버리고 가난의 평준화로 가는 전 세계가 60년 전 쓰레기통에 버린 제도를 끄집어내어 시계를 거꾸로 돌리려 한다. 향간에 나도는 토지 공개념과 이익 공유제 등이 바로 그 길이다. 토지는 개인 소유가 아니고 국가 소유로 하고 사업상 이익을 내면 같은 직종끼리는 수익을 갈라 먹자는 이론이다. 한 들에서 열심히 가꾸어 많은 소득을 낸 농부와 그렇지 못한 농부와 함께 수확한 열매를 같은 양으로 나누자는 말이다. 개인의 자유는 국가의 공익에 우선할 수 없다는 썩어 빠진 이론에 청년들은 경쟁심보다는 차별이란 이름으로 배척하고 평준화하겠다는 이야기다. 빛나야 할 눈은 공짜 밥을 기대하게 되어 안타까운 일이다. 일해서 받은 100만 원보다 지자체에서 주는 보조금 50만 원을 선호하게 되어 간다.

인간은 본능적으로 자유와 소유욕이 있기 때문에 자기 것일 때 애착이 가고 정성을 쏟을 수 있다. 이 본능을 무시한 정책은 성공을 기대할 수 없다. 열심히 하고 나면 대가를 기대하게 마련이다. 사변 후 잿더미의 열악한 환경에서도 이만큼 우리가 잘사는 나라로 일구어 낼 수 있었던 원동력은 경쟁력을 갖춘 기업에서 나온 것이다. 그러므로 기업과 기업가는 마땅히 존중받아야 한다. 다만 돈을 벌면 가진 자의 책무, 즉 노블레스 오블리주Nobelesse oblige를 다할 때 못 가진 자로부터 존경받을 수 있을 것이다. 만일 땀 흘려 한 푼 벌어 본 일이 없는 정치가들이 자기 생각대로 기업을 휘두른다면 기업가는 자부심을 상실하게 될 수 있다. 결과는 뻔한 것이다. 열심히 일하여 그 열매를 맛볼 수 있는 시장경제가 이 땅에 정착되어야 한다. 이럴 때 우리 젊은이들의 눈동자는 세계를 향하여 반짝반짝 빛날 것이다. 동해 푸른 바다에 떠오르는 태양처럼 반짝반짝 빛날 것이다.

이홍수

올해 유난히 변덕스러운 기후의 변화를 겪으며 문득 삶이란 시련과 같은 말이라는 노래 가사가 떠올랐다.

수필

약력

경북 김천 출생. 계간 『문파』 수필 등단. 동국대학교 국문학과 졸업, 중등학교 교사 역임. 한국문인협회 회원, 동국문학인회 회원, 용인문인협회 회원, 여성문학인회 회원. 수상 : 시계문학상, 제19회 세계문학상 수필 부문 본상. 저서 : 수필집 『소중한 나날』

내리막길

밤사이 하얀 눈이 소복이 내렸다. 새해를 맞이하고 처음 쌓인 눈길을 살며시 밟아 본다. 이제는 그렇게 기다려지던 눈도 예전처럼 마냥 반갑고 낭만적일 수만은 없다. 자칫하면 발이 미끄러져 병원 신세를 질까 봐 먼저 겁부터 덜컥 날 때가 많다. 한겨울 동안 동네 노인들이 팔에 깁스를 하고 불편한 생활을 하는 모습이 종종 눈에 띈다. 더구나 내려가는 길은 한순간도 방심하지 않고 한 발 한 발 정신을 바짝 차리고 발걸음을 옮긴다. 잠시 발길을 멈추고 아직 저만치 남아 있는 눈길을 바라본다. 벌써 군데군데 사람들의 발자국이 얼어붙은 빙판길은 앞으로 우리들의 삶에 다가올 두려운 내리막길을 보는 느낌이다.

세상에 눈을 뜨고 처음 시작된 길은 호기심 가득한 신비하고 새로운 길이었다. 동란 후 모든 것이 결핍된 환경에서도 자연을 벗 삼아 뒹굴며 여린 새순이 돋아나듯 조금씩 자아가 싹트고 자라기 시작했다. 낯설고 서투른 길이지만 겁 없이 넘어지고 일어서기를 반복하며 틈틈이 책을 읽고 상상하기를 좋아했다. 어느 순간 어렴풋이 눈이 밝아지고 귀가 열려 미래에 대한 꿈을 꾸기 시작했다. 그곳을 향해 나름대로 열심히 배우고 익히며 한 계단 한 계단 올라갔다. 때로는 좌절을 딛고 일어나 환희를 맛보며 치열한 자기와의 싸움을 거쳐 사회에 첫발을 디뎠다. 막중한 임무와 책임감을 느끼는 사회생활은 보람도 많았지만 날이 갈수록 단조로운 생활의 연속이었다. 가정을 꾸리고 전업주부로 살아가는 과정 또한 순간순간 벅찬 기쁨도 있었지만 수많은 시행착오를 겪으며 온전히 자기를 버리고 가족들에게 헌신하는 삶이었다. 우여곡절 끝에 자식들이 각자의 길을 떠난 텅 빈 길 위에는 내려갈 준비를 서둘러야 할 빈 껍데기뿐인 자신이 초라하게 서 있었다.

한동안 허탈감에 빠져 멍하게 길을 바라보며 한 발짝도 내딛지 못했다. 어느 순간 안타깝게 지켜보던 가족과 지인들이 몇 차례 권유한 사항들이 번개처럼 떠올랐다. 용기를 내어 한 가지씩 실천하기로 했다. 갱년기의 건강을 위해 본격적으로 운동을 시작했다. 다행히 비슷한 연령대의 네 사람이 끈끈한 한 팀이 되어 꾸준히 운동을 지속할 수 있었다. 가족들에게 얽매였다기보다 자신의 강박감으로 마음 놓고 훌쩍 떠날 수 없었던 여행도 기회가 될 때마다 구애 없이 다니기 시작했다. 지인과 함께 텃밭을 가꾸며 자연의 신비한 이치를 터득하고 이웃과 나눌 수 있는 재미에 힘든 줄도 몰랐다. 가끔 피치 못할 어려움이 닥쳐도 신앙의 힘으로 극복하고 봉사 활동을 통하여 진정한 기쁨이 무엇인지 깨달았다. 영적인 깊이를 더하기 위해 수년간 성서 공부를 함께 하던 교우의 권유로 늘 마음속으로 갈망하던 글쓰기를 시작했다. 오래 묵혀둔 감성을 깨우느라 고심하며, 다양한 체험을 통해 느끼는 나만의 사유를 글로 표현할 수 있는 행복감으로 지루하지 않은 길을 내려가고 있었다.

어느새 칠순이 훌쩍 지났다. 여기저기 조금씩 걸림돌이 있었지만 남편의 세심한 배려로 바쁜 일상을 차질 없이 소화하고 있었다. 건강하게 생활하던 남편이 어느 날 느닷없이 발견된 병으로 일 년 남짓 투병하다 우리 곁을 떠났다. 무슨 말로도 표현할 수 없는 허망함에 한동안 삶을 기력을 잃었다. 80대를 바라보는 요즘은 몸과 마음이 나날이 쇠퇴해지는 과정을 온몸으로 느낀다. 주위에서도 부쩍 즐겁고 희망찬 이야기보다 힘들고 아픈 경우가 많아진다. 하나하나 소식을 들을 때마다 모두 내 것이 되어 간절히 기도한다. 하루가 다르게 급변하는 디지털 시대에 적응하기가 쉽지 않은 노인 세대는 사회에서도 기댈 곳 없이 소외되고 있다. 점차 가파른 내리막길이 기다리고 있는 현실을 깨우치고 받아들인다. 인간의 힘으로 감당할 수 없는 일들은 하느님 뜻에 맡기고 살아오면서 주신 많은 기쁨과 고통 절망까지도 무조건 감사하며 살아가려고 노력한다. 깊은 성찰과 함께 서서히 자신을 내려놓고 이웃과 사랑을 나누며 가벼운 마음으로 내리막길을 후회 없이 걸어갈 수 있기를 날마다 기도드린다.

치유의 시간

늦여름 며칠 사이로 연거푸 다가온 연로하신 부모님과의 이별은 감당하기가 버거웠다. 시간이 지날수록 부모님의 부재를 실감하며 오랫동안 쌓아온 견고한 울타리가 무너진 허탈감에서 헤어나지 못했다. 그 후유증으로 인한 뒷수습을 어떻게 하는 것이 순리인지 조언을 구하기도 하고 형제들과 소통하며 틈틈이 자신에게 질문을 던져도 정답을 찾기가 힘들었다. 복잡한 모든 것을 내려놓고 잠시라도 어디론가 훌쩍 떠나 마음을 추스르고 싶었다. 마침 영주에 거주하는 친구가 몇 번이나 다녀가라는 연락이 왔다. 대중교통을 이용하기가 조심스러운 시기라 선뜻 용기를 내지 못했다. 어느 날 뜻밖에 남자 동창 친구가 자기 차로 동행할 수 있다는 연락이 왔다. 기쁜 마음으로 3명의 초등학교 동창들이 함께 치유의 길을 나섰다.

청명한 가을 날씨에 코를 스치는 아침 공기가 더없이 상쾌하다. 길게 뻗은 고속도로는 벌써부터 여기저기 정체가 시작된다. 초등학교 동창 친구들은 세월 따라 모습은 많이 변했지만 만나면 아직도 마음만은 어릴 적 동심으로 돌아간다. 토요일이라 길이 막힐 것을 예상하고 아침 식사도 못 한 채 출발했다. 가는 도중 차가 길게 줄을 설 때마다 준비해간 간식을 서로 나누며 모처럼 각자 살아가는 이야기로 꽃을 피웠다. 식물화가 이소영이 펴낸 에세이 『식물과 나』라는 글 속에 '누가 더 대단할 것도 없고 누가 더 특별할 것도 없다. 그저 저마다의 꽃을 저마다의 시기에 피울 뿐이다'라는 문장이 문득 떠오른다. 우여곡절을 겪으며 나름대로 최선을 다해 칠십 중반을 넘게 살아온 친구들이 오늘따라 대견하고 더욱 소중하다. 오래간만에 친구들과 이런저런 대화를 나누는 동안 허전하고 조급했던 마음이 한결 여유롭게 치유되는 기분이다.

이번 나들이는 경북 의성 고향 주변의 관광지를 둘러보기로 의견을 모았다. 먼저 영주에 도착해 우리를 이곳까지 불러준 친구를 태우고 4명이 근래에 조성된 경덕왕릉 의성 조문국 사적지를 찾았다. 조문국은 그동안 사람들에게 잘 알려지지 않은 생소한 국가다. 조문국은 경북 의성 금성면 부근의 도읍지를 기반으로 부흥했던 삼한 시대 초기 국가라고 한다. 신라 벌휴왕 2년(서기185년)에 신라에 병합되어 조문군으로 편제되었다. 금성산 일대에는 조문국의 경덕왕릉으로 추정되는 1호 고분을 비롯해 260여 기의 고분들이 경상북도 기념물 제128호로 지정되었다. 드넓은 초록 잔디밭에 군데군데 분포되어있는 고분들은 경주 고분을 방불케 하는 놀라운 광경이었다. 박물관에는 이 지역 고분에서 출토된 유물들과 국립박물관과 대학박물관에 산재되어 있는 유물들을 조사하고 수집하여 삼한 시대의 생활상을 엿볼 수 있도록 체계적으로 전시해 놓았다. 의성의 뿌리이자 정신인 찬란했던 조문국을 알리고 잊혀가는 향토사를 재조명하기 위해 여러 가지 부대시설도 잘 갖춘 새로운 고향의 모습이었다.

새벽부터 서둘러 먼 길을 오느라 모두 약간 지친 모습이다. 근처에 있는 식당에 들러 늦은 점심 식사로 소고기뭇국에 곁들인 낯익은 반찬을 먹으며 순수한 고향 맛을 느껴 보았다. 다음 일정은 죽어서 염라대왕을 만나면 고운사를 다녀왔냐고 물을 만큼 우리나라 제일의 지장도량인 의성 고운사로 발길을 돌렸다. '등운산 고운사'라는 현판이 붙은 회계문을 통과했다. 입구에서 시작된 노란 은행나무와 침엽수의 가을 단풍이 긴 터널을 이룬 천년의 숲길이 펼쳐졌다. 이 길을 따라 죄 많은 중생이 번뇌와 고통을 짊어지고 피안을 갈구하며 정진했을 마음을 헤아리며 걷고 또 걸었다. 1.4km가량 걸어 고운사에 다다랐다. 681년 신라의 고승 의상이 창건한 고운사高雲寺는 후일 최치원이 여지와 여사 두 승려와 함께 아름다운 건축의 가운루와 우화루를 짓고 고운사孤雲寺로 개칭하였다. 품격 있는 사찰 곳곳을 까마득한 천년의 시간을 되새기며 경건한 마음으로 둘러보았다. 해 질 녘 꿈속 같은 어스름한 산사를 돌아 나오며 부처님의 자비로운 음성이 들리는 듯 잠시나마 108번뇌에서 벗어나 청정한 마음을 누렸다.

밤늦게서야 영주 친구 집에 들어섰다. 아늑하고 정갈한 친구의 집은 몇 번 다녀간 곳이라 서로 익숙하게 적응하며 내일을 위해 휴식을 취했다. 이튿날은 가을 단풍이 오색 물감을 풀어 놓은 듯 황홀한 봉화 청량산에 도착했다. 입구부터 시월의 마지막 아름다운 절경을 찾아온 인파로 북적거린다. 청량사를 향해 오르막으로 시작되는 만만치 않은 가파른 길을 가쁜 숨을 몰아 쉬며 굽이굽이 1km가량 올라갔다. 청량산 도립공원 내 연화봉 기슭 열두 봉우리가 연꽃처럼 둘러싸고 있는 신비하고 아담한 절이 모습을 드러냈다. 젊은 날 처음 마주했던 광경보다 더 벅찬 감동이다. 가슴이 탁 트이는 절벽 끝자락에 우뚝 세워진 오층 석탑과 663년(신라 문무왕 3년) 원효대사가 창건했다는 유서 깊은 청양사 경내를 둘러보고 잠시 한숨을 돌렸다. 작은 금강산이라고 할 만큼 우뚝 솟은 여러 개의 봉우리와 어우러진 아름다운 청량산의 풍경을 뒤로하고 내려오는 새 길은 급경사가 끝이 없이 이어지는 아득한 길이었다. 극심한 고행의 길을 득도하는 마음으로 조심조심 내려왔다.

돌아오는 길에는 영주 친구의 안내로 이 지역의 가을 특산물인 자연산 송이를 전문으로 하는 음식점에 들렀다. 갖가지 신선한 나물과 함께 천연의 향이 살아있는 송이의 별미를 느껴 보는 시간이었다. 이번 여행에 함께한 친구들은 공교롭게도 운전을 한 남자 친구를 제외한 2명은 백내장 수술로 아직 완치되지 않은 상태고 1명도 안과 치료를 받는 중이었다. 그럼에도 불구하고 씩씩하게 어려운 일정을 무사히 마무리한 일행은 서로 감사하는 마음으로 '아직은 괜찮다'는 응원을 아낌없이 주고받았다. 절박한 심정으로 떠난 길이었다. 계절 따라 다채롭게 변하는 자연의 경이로움과 천년의 시간을 넘어 넉넉하게 사람들을 품어주는, 도량들을 둘러보며 옹졸했던 마음에 많은 깨우침을 얻었다. 이틀 동안 불편함이 없도록 배려하며 장거리 운전을 맡아준 친구 덕분에 우리는 따뜻한 치유의 시간을 보내고 또다시 살아갈 힘을 얻고 돌아왔다.

청춘

어느새 담쟁이넝쿨이 돌담을 가득히 메우고 있다. 올 겨우내 다시 소생할 수 있을지 의심스러울 정도로 실오리기같이 바짝 마른 줄기만 얼기설기 힘겹게 돌담에 매달려 있었다. 봄소식이 전해오자 담쟁이는 신통하게도 돌담 밑에서 함께 싹을 틔운 민들레, 쑥, 냉이의 응원을 받으며 조금씩 조금씩 담장을 기어오르기 시작했다. 하루하루 서로 사이좋게 어깨동무를 하고 두려움도 없이 씩씩하게 높은 담장으로 기어올랐다. 시원한 한 줄기 바람이 불 때마다 푸른 물결처럼 일렁이는 담쟁이넝쿨은 생동감이 넘치는 청춘의 모습이다.

언제부턴가 매주 토요일 저녁 6시 10분 KBS2에서 방영되는 〈불후의 명곡〉을 즐겨 시청하고 있었다. 다양한 장르의 명곡을 여러 가수가 재해석하여 부르는 흥미로운 프로그램이다. 〈불후의 명곡〉을 시청하다가 까맣게 잊고 있었던 추억 어린 반가운 노래가 흘러나오면 그 시절로 되돌아가는 기분으로 따라 불러보기도 한다. 요즘 세대들의 참신하고 발랄한 노래를 들으면 가끔 탄성이 터져 나올 만큼 눈과 귀가 즐겁다. 얼마 전 548회 가수 김창완 편을 무심코 시청하다 솔비가 부르는 〈청춘〉이라는 노래를 듣는 순간 나도 모르게 울컥한 마음에 눈물이 고였다. '청춘', 생각만 해도 가슴 뛰는 싱그러운 단어. 과연 나에게도 '청춘'이 있었을까?

지루한 겨울이 지나고 기다리던 봄꽃들이 하나둘 여기저기 화사하게 피었다. 봄꽃들을 만끽할 여유도 없이 일상에 허덕이다 어느 날 문득 꽃들이 속절없이 지고 있는 안타까운 모습으로 바라본다. 시간은 늘 그렇게 기다려 주지 않고 무심히 자기의 갈 길만 재촉하고 있다. 살아오면서 막연히 젊음을 그리워한 순간은 있었지만 지금처럼 청춘을 절실히 뒤돌아보고 애틋한 마음이 되어 보기는 처음이다. 아마 요즘 부쩍 돌이킬 수 없이 너무 많이 달려온 시간이 피부로 느껴지기 때문인가 보다. 청춘은 하고 싶은 것도 많았고 가보고 싶은 곳도 많았다. 우리가 청춘이던 60년대 중반은 처참한 전쟁의 혼란을 거치고 어렵사리 경제 개발이 처음 시작되어 발돋움하던 시기였다. 아직 모든 것이 여의찮은 환경은 우리에게 끝없는 인내를 가르쳤다. 프랑스 철학자 장자크 루소의 "인내는 쓰다, 그러나 그 열매는 달다"라는 글귀를 되뇌이며 꼭 해야 할 일과 해보고 싶은 일 사이를 수없이 방황하며 아쉽게 보내버린 청춘이었다.

몇 년 전 정기적인 대학 동창 친구들의 모임이 있었다. 우리 친구 중에 가장 오랫동안 교직에 몸담고 명예 퇴직한 친구가 있다. 모임의 총무를 기꺼이 도맡아 10년이 넘게 야무지게 처리하던 활동적이고 똘똘한 친구였다. 어느 날부터 모임이 끝나고 집에 돌아오면 카톡으로 그날 참가 인원과 회비 납부와 지출 내역을 친절하게 보내 주었다. 카톡을 살펴본 친구들이 몇 차례 착오를 발견하고도 설마 하며 지나치다가 한번은 용기를 내어 솔직하게 털어놓았다. 친구는 환하게 웃으며 걱정 말라고 안심을 시켰다. 그 후 팬데믹으로 어쩔 수 없이 일 년이 훌쩍 지나 모임을 하게 되었다. 친구는 눈에 띄게 수척해 보였고 대화 중에 가끔씩 기억이 오락가락하는 평소와 전혀 다른 느낌이 몇 번씩 발견되었다. 학창 시절부터 항상 단발머리를 고집하던 밝고 총명했던 친구를 떠올리며 우리는 한동안 큰 충격에 빠졌다.

거리 두기가 해제된 오월 반갑게 동창 친구들이 오래간만에 다시 만났다. 한참 생기발랄한 시대를 함께 공유한 친구들이 이제는 모두 시간의 흐름을 감출 수가 없는 모습이 되었다. 우리 곁을 먼저 떠나간 친구도 있고 몸이 불편해서 모임에 영 나오지 못하는 친구도 있다. 80을 바라보는 나이에 하나둘씩 사랑하는 배우자를 떠나 보내기도 하고 갑자기 배우자가 중환자실에 입원하여 모임에 참석하지 못한 친구도 있다. 식사가 끝나고 차를 마시며 그날따라 모처럼 잊고 있었던 지난 기억들을 너도 나도 하나씩 추억하느라 온갖 시름을 잊고 모두 한참을 웃고 떠들었다. 번개처럼 지나간 까마득한 기억을 더듬는 동안은 잠시나마 순수하고 꿈이 많았던 청춘으로 다시 한번 되돌아간 행복한 시간이었다.

김복순

시는
멈추었던 시간을 돌리고
닫힌 맘 열 수 있는 친구
시작 종을 울려본다

시

코로나 기승으로 갈 수 있는 기회의 땅
날 부르는 곳
가을 향기 뿌리는 계절
시계 태엽
보이지 않아도

약력

원주 출신. 계간 『문파』 시 등단. 문파문학회 회원, 시계문학회 회원. 저서 : 공저 『가을 햇살 폭포처럼 쏟아지는』 외 다수.

코로나 기승으로 갈 수 있는 기회의 땅

새벽 어두움을 헤치고 가던 길
가로막아 못 가네

힘을 내어 보지만 어렵다

길 잃은 기러기 갈 바 알지 못해
이리저리 날아다니듯
내 사랑 어디에 뿌리를 내려야 하나
머뭇머뭇 시간 없는데

지나온 세월보다 미래의 시간은 짧은데
소망 이어가기 어찌 이리
힘이 드는 걸까
가다 끊어졌다 이어졌다

나의 머무를 곳은 어디일까
지금 있는 곳이 좋은데
오늘도 하늘 향해 기도하며
아침 이슬 맞으며 길을 걷는다

날 부르는 곳

나는 가야 해

비바람 폭풍우 몰아친다 해도
가야 해

꽃 향기 담으려면
가야 해
미움이 용서로
맘 부드러워지니까

비 내리는 창문 밖
물구슬 수를 놓으며
먹구름 외로움 태우고 나에게 올지라도
나는 일어서리라
내 모습 어두움으로 가리어도
빛을 받아 밝은 미소 심으러 가리라

가을 향기 뿌리는 계절

1

초록 잎새 금나비가 되어 바람 따라 춤춘다
은행나무 가로수길
비바람 뿌리며 스치고 지나갈 때마다
노란 구슬 하트 수북이 쌓인다
너도나도 추억을 담아 놓는다
건너편 가로수길 황동색 잎 수북이 쌓여
낙엽 밟는 소리 사각사각 리듬을 탄다

2

가을 무지개 잎새
환호성 울림 몇 날 못 되어
찬 공기 휘어 감아 움츠러드는 날씨에
가죽옷 갈아입었네
철갑 두른 소나무는 미동도 하지 않고
머리에 초록 잎새 물들이고
방울방울 주렁주렁 옹기종기 모여
새들의 이야기 들어주네

3

도시의 가을

몇 해 지나 가로수 나뭇가지
뭉텅뭉텅 잘라내고 잎새 낙엽 날리면
수북이 쌓일세라 환경미화원 아저씨들
쓸어 모으며 비닐봉지에 담는다
낙엽 리듬 타는 소리도 들을 수 없는 거리
자동차 씽씽 지나가는 소리만 들린다
동쪽에서 뜨는 해
서쪽 봉우리 내려갈 때 흰 서리 하얗게 덮여
갈잎 힘없이 떨어진다

시계 태엽

나를 깨운다
새날 시작되면
지나간 시간의 아쉬움
가슴을 적시며
하고픈 말
목 줄기 타고 올라오려 한다

또 망설인다
가슴이 뛴다
불꽃이 튄다
울지 말아요
후회하지 말아요

제자리에
돌아올 수 없는 거라면
생각하지 말아요

사방이 막혀 있다 해도
하늘 문 노크 해봐요

답을 찾을 수 있어요
울림이
머리 위를 스친다

보이지 않아도

말하지 않아도 쌓여가는 정 때문일까
가야만 하는 그곳엔 언제나 그대가 있어
쉼을 얻을 수 있었지만 맘 한 켠은
언제나 나의 기쁨이 때론 그대에게
괴로움을 주는 건 아닐까 하는 생각이 들 때면
고마움
미안함이 금새 나의 날개 아래 스며든다
잠잠이 있을걸 그랬나 하면서도
소중한 시간 놓칠까 봐
마음 앞서 기다리지 못하고
맘 전하는 것이 잘못한 것일까
답이 없다
더 미안해진다

심웅석

인생은 사는 게 아니라 견디는 것이라 했나.

시지프스는 행복하였을까?

그렇게 글을 써야겠다.

시

마지막 흔적

역사를 잊은 그대에게

수필

아무 일 없다는 것

수필에게 길을 묻다

약력

2016 계간 『문파』 시 부문 신인상 등단, 2022 계간 『수필(봄호)』 수필 부문 등단. 서울대 의대 졸업. 정형외과전문의. 인제대 의대 외래교수 역임. 한국문협 회원, 문협 용인지부 회원, 시계문학 회원. 수상 : 제13회 문파문학상. 저서 : 시집 『시집을 내다』(2017 용인시창작지원금) 『달과 눈동자』 『꽃피는 날에』(디카시집) 『거울 속의 나를 본다』, 수필집 『길 위에 길』 『친구를 찾아서』 『우리를 받아 줄 곳은 없나요』(2022 용인시창작지원금), 기타 공저.

마지막 흔적

비가 그친 후 산책길에 나섰다
정원을 지나는데 길 위에서 개미떼가
길게 죽어 누운 지렁이를 끌고 간다
이지러진 저 무력한 모습이
지렁이의 마지막 흔적일 터

나의 마지막 흔적을 그려본다
어떤 모습일까?
그냥 두기로 했다
부질없이 나 자신이 상상하기 보다는
인연들에게 남겨지는 뒷모습이
내 마지막 흔적일 것 같아서

다만
사랑하며 살 수 있는 날들을 헤아리며
코스모스 들길을 혼자서 걷는다

역사를 잊은 그대에게

급변하는 지구촌 공기를 외면하고
철 지난 이념의 갈등 속에서 파당 싸움을 계속할 것인가?

높이 앉은 청태종 단상 앞에 끌려 나가 왕이 이마에 피를 흘리며 수없이 절하고 항복하던 병자국치*를 잊었는가? 일본 낭인들 앞에 왕(고종)이 무릎을 꿇고 왕비가 처참하게 살해당한 치욕스러운 역사(1895. 을미사변)를 잊었단 말인가

새로 취임한 대통령 영부인에 대한 의혹이 하루 종일 TV를 도배한다. 고가의 목걸이를 걸고 행사장에 나왔다 대통령 취임식에 아무개를 초청했다 박사 논문에 하자가 있었다는 것들이 3대 의혹이라고 시간마다 읊어댄다. 나라를 이끌어간다는 자들이 처연히 지는 봄을 바라보면서 할 일이 이렇게 없는가!

정당이 파당으로 남아 부끄러운 역사 속으로 또 걸어갈 것인가
꽃 한 송이 피어날 산야도 새 한 마리 노래할 햇빛도 없을 때
이 땅에 캄캄한 밤뿐일 때, 그대들의 죄를 뉘우칠 것인가?
목숨 바쳐 앞날을 내다보는 현명한 길을 닦아 볼 생각은 없는가

* 병자국치 : 조선 12대 인조 왕이 청 태종 앞에 끌려 나가 한 번 절할 때마다 세 번씩 이마를 땅에 찧어 이마에 피를 흘리면서 아홉 번 절하고 항복했던 역사적 치욕.

아무 일 없다는 것

매일 아무 일이 없다면 너무 심심하고 재미없지 않을까. 산다는 것이 무의미할 것 같다. 하지만 며칠 사이에 깨달았다. 어제 아침에 눈을 뜨니 오른쪽 눈에 모래알이 낀 것처럼 이물감이 있고 눈동자 굴리는 운동을 하는 데 많이 불편하였다. 밤에 건조한 눈에 인공눈물을 넣지 않고 졸려서 그대로 잠을 잔 때문이라 짐작했다. 저녁에는 안과 항생제를 넣고 자면서 내일이면 괜찮겠지 생각하였다. 기대와는 달리 오늘 아침 상태는 안과에 가봐야 할 것 같다.

평소에 책 읽는 것을 좋아해서 읽을거리만 있으면 언제나 어린애처럼 행복해진다. 그러기에 항상 눈에 고마움을 느끼며 살고 있다. 한데 시력에 이상이 온다면 삶이 무너지는 것이다. 몸이 천 냥이라면 눈이 구백 냥이라는 말이 와 닿는다. 갑자기 닥친 이 난관에 속으로 걱정이 되면서 아무 일 없이 산다는 것이 얼마나 다행스러운 일인지 실감하게 되었다. 누구나 살면서 아무 일 없을 때는 지루한 생활에 불만이다가 불행한 일을 당하거나 일상日常에 빨간불이 켜지면 비로소 깨닫게 되는 것이다.

인터넷에 안과를 검색해 보았다. 우리 구에 안과가 다섯 군데나 있다. 새로 생긴 안과에 전화를 하니 그날 예약된 환자만 본다는 것이다. 응급한 경우는 어떻게 하나, 물으니 그래도 예약 환자만 본다고 한다. 답답하다는 생각을 하는데 의대 학생시절에 어느 교수가 했던 우스갯말이 생각난다. 개업해서 외래환자를 볼 때는 일부러 천천히 봐야, 기다리는 환자가 많아야 군중 심리로 환자들이 더 몰려온다는 말이다. 그런 알량한

개업술이 아닌가 싶어 한심하다는 생각이 들었다. 아무 일이 없었다면 의업의 기본 철학도 없는 이런 의원을 찾을 일이 없을 것이 아닌가.

조금 멀어도 전에 갔던 안과에 연락하니 전화 받는 말투부터 다르다. 따뜻하다. 버스 길이 있어 대중교통으로 가려니 아내가 집 차로 데려다 준다. 여기에서 눈의 공막에 돌이 생겼다고 마취하고 간단히 돌을 빼낸다. 염증 막는 안약을 처방해 주면서 3~4일 후면 좋아질 것이라 한다. 친절한 설명과 진료는 금방 파-란 하늘을 맑게 바라볼 수 있는 부드러운 시력으로 돌려준다. 사회에 뿌리내린 전문 인력들이 소중하다는 생각이 든다. 불이 나면 소방관이, 전기가 나가면 한전이, 병이 나면 의사가 -이렇게 각처에 자리 잡고 있다가 일이 나면 '아무 일 없던 것'으로 만들어 주는 인력들이 든든한 우리 사회의 버팀목들이지 싶다.

친구 H한테서 카톡이 왔다. '기적은 특별한 게 아니다. 아무 일 없이 하루를 보냈다면 그것이 기적이다' 사람들은 건강이 무너져야 건강이 중요하다는 것을 알고, 사랑이 떠나야 얼마나 아프다는 것을 깨닫는다. 전화가 온다. 글공부를 지도해 주시는 J 선생님이다. 한순간에 힘없이 넘어져 고관절 골절상을 입고 C병원에서 수술 받고 입원해 계시다고 한다. 여러 가지가 큰일이다. 첫째는 후유증 없이 잘 회복되는 것이지만, 수장을 맡고 계신 문학 단체의 일들 그리고 네 곳에서 주일마다 이어지는 문학 강의는 어쩔 것인가. 정말 아무 일 없이 하루를 살아낸다는 것이 기적이고 행운이라는 말을 다시 한번 실감하는 순간이다.

인생은 사는 게 아니라 견디는 것이라 했던가? 그렇다 해도 나는 가능한 서두르지 않고 조신操身하게 견디어 볼 것이다. 다른 사람에게 인정받으려 까치발 서지 않고 차분하게 내 분수를 지키면서 안전하게 오늘을 걸어보리라. 어느 날 문득 종착역에 내릴 때 누구나 돈도 명예도 사랑도 가져갈 수 없는 빈손이다. 유명 인사가 되지 못해도 크게 성공하지 못해도 아무 일 없이 스스로 다독이며 살다가 조용히 가는 것이 얼마나 행복하고 아름다운 일인가.

수필에게 길을 묻다

공감이 가고 감동을 남기는 글을 쓰려면 어떻게 해야 하나. 쉽게 잊히지 않고 오래 살아남을 수 있는 글을 어찌하면 쓸 수 있을까? 답답하여 수필에게 직접 물어본다. 대답은, 많이 읽고 많이 쓰고 많이 생각하면[多讀, 多作,多商量] 좋은 글이 나온다는 구양수(중국 宋대의 정치가겸 문인)의 말이 맞는다는 것이다. 그러면서 그가 어려서부터 가까이 지내던 벗님들을 줄줄이 소개한다.

수필은 이야기 문학이다 우리 수필의 역사를 보면 복잡하지만, *한국 수필 문단의 형성은 한국수필가협회가 1971년 2월 12일 조경희 선생을 초대 회장으로 창립되면서부터라 볼 수 있다. 그 해 4월부터 『手筆文藝』를 창간하였다. 그 무렵 수필 문단은 부산(『에세이Essays』, 1963. 7.) 경북(『수필문학』, 1969. 12.) 서울(『현대수필』, 1970.) 같은 지방에서도 먼저 동인회와 동인지 발간으로 그 틀이 만들어지고 있었다. 하지만 한국 수필가협회는 조경희 이사장 사망 후 이철호, 유혜자, 정목일, 지연희, 장호명, 최원현으로 이어지면서 한국 수필 문단의 종가 위치를 지켜가고 있다. 현재(2021)는 한국 문인협회 수필분과 회원 수가 4천여 명에 이르고 그 외에 수필 인을 합하면 족히 일만여 명으로 헤아려진다. 수필 인구의 급증만큼 좋은 작품을 보여 주지 못하는 것이 큰 문제이다.

김광섭(1906~1977. 수필문학 소고)님은 수필이란 글자 그대로 붓 가는 대로 써지는 글이다 수필에는 유머와 위트가 있어야 한다. 수필의 성

---

* 『한국 현대수필의 역사』, 최원현.

격은 인간의 성격이라 하겠다,고 했다. 피천득(1910~2007)님은 '수필은 마음의 산책이다 수필은 독백이다. 쓰는 사람을 가장 솔직히 나타내는 문학 형식이다'라면서 글쓴이의 생활 경험이 많이 나오기 때문에 현대 수필의 약점을 신변잡기라 했다. 안병욱 교수는 고독하라 고독은 사색하기 좋은 조건이다 책을 읽는 것은 그 저자와의 정신적 만남이다 이를 통해서 내 영혼이 각성하고 내 인격을 높은 차원으로 눈뜨게 한다, 는 것이다. 위 말씀들은 수필은 바로 그 저자와의 만남이라는 뜻을 함축한다.

평소 수필과 막역하게 지내신 김태길 선생은 「어떤 것이 좋은 수필인가」에서, 첫째 자신의 체험을 문학적 문장으로 숨김없이 털어놓아야한다. 모든 진실에는 아름다움이 있고 솔직하게 그린 글에는 심금을 울리는 감동이 있다고. 둘째, 표현은 쉬운 말로 깨끗한 문장으로 쓰되 설명이 많으면 좋지 않다, 독자에게도 생각할 여유를 줘야 한다. 논리도 일관성이 있어야 하고 문단 구성도 어울려야 한다는 것이다. 셋째는 유머감각을 곁들여 쓰되 자신을 미화하지 말라고 했다. 이는 수필을 쓰는데 모두 귀중한 도움말들이 아닌가? 「닥치고 써라(최복현)」란 책은, –첫 문장은 독자의 마음을 뺏어야 한다 –매력적인 제목을 붙여라 –글은 독자를 설득하는데 목적이 있다 멋있게 거창하게 쓰는 것 보다 간단명료하고 자연스럽게 쓰라, 고 한다. 우리가 TV 노래경연을 볼 때에도 첫 구절이 잘 나오면 심판들이 "끝났네!" 하지 않던가.

수필은 체험과 사색의 기록이다. 좋은 수필 쓰기가 그래도 어려워 수필에게 계속 길을 묻는다. 그는 또 근래에 나온 책 『수필, 어떻게 쓸 것인가(윤모촌)』를 소개한다. 이 내용을 요약해 보니 1. 예리한 관찰력 풍부한 상상력 해박한 지식과 해학적 예술 감각으로 저자의 자질을 키워라,

2. 인품과 문장력을 갖춰라, 3. 꾸밈없는 솔직성으로 실패담도 털어놓고 자신을 과시하지 말라, 4. 멋있게 꾸미려 말고 보편적 문장으로 공감할 수 있는 글을 쓰라, 5. 모두 설명하려 말고 단정적으로 결론을 내리지 말고 독자가 느끼고 생각할 여지를 남겨라, 6. 야비한 표현을 쓰지 말고 수필의 품위를 지켜라, 7. 교훈적 직선적 표현은 좋지 않다 간접적으로 표현하라. -모두 수긍이 가는 옳은 말들이다. 김태길 선생과 겹치는 항목이 많다. 옆에서 또 한 권의 책(한국 미니픽션 작가 모임-'한 뼘 자전소설 쓰기')이 나도 한마디 하겠단다. -많은 이야기를 담으려 하지 마라 주제는 한 가지로 통일하고 주제에서 벗어나는 곁가지는 과감하게 잘라내라는 것이다. 아주 중요한 충고로 받아야겠다.

수필에게서 소개 받은 윗글들을 정리해 본다. 많이 읽어 해박한 지식과 풍부한 상상력을 갖추고 자신의 체험을 솔직하게 쓸 것. 글을 멋있게 꾸미려 말고 쉬운 말로 깨끗한 문학적 문장으로 공감할 수 있는 글을 쓸 것. 논리가 일관성이 있어야 하고 문단을 어울리도록 구성할 것 결론을 단정적으로 내리지 말고 독자에게 여운을 남길 것 유머와 철학이 담긴 글을 쓸 것 자신을 미화하지 말고 교훈적인 글을 쓰지 말 것. 특히 잊지 말아야할 것은 수필이 되는 두 가지 조건이다. 내 생각과 느낌이 들어가야(思惟)하고, 주제가 있어야(뜻이 담겨야)한다는 것이다. 주제는 독자를 사로잡을 수 있는 낯선 것으로 정하고 주제에서 삼천포로 빠지는 소재는 과감히 잘라내라. 한 편의 수필에 너무 많은 것을 담으려하면 안 된다. -수필이 안내해 준 그 벗님들 말씀을 간추리고 있으니, 장님 코끼리 다리 더듬던 수필이 이제 조금 보이는 것 같다.

이중환

올 한 해도 더 좋은 작품을 쓰고 싶었지만 특별한 작품은 나오지 않았습니다. 동인지에 좋은 작품을 올리고 싶지만 찾아보니 빈약한 것밖엔 없습니다. 이것이 일 년 동안 제 농사의 전부였다는 것을 실감합니다. 어쭙잖은 작품을 내놓으면서 기도합니다. 시 다운 시를 써보고 싶다고.

시

가을 낙조
그리움의 메아리
달빛 마을
어머니
파도

약력

2017 계간 『문파』 시 부문 신인상 등단. 시계문학회 회원, 문파문학회 회원, 용인문인협회 회원, 한국문인협회 회원. 저서 : 시집 『기다리는』, 공저 『문파 시인 선집』, 동인지 『그래 너는 오늘도 예쁘다』 외 다수.

가을 낙조

숲속 오솔길을 따라 걷는다
나뭇잎들이 단풍으로 짙게 물들었다
한 해의 마지막 향연, 떨어진 낙엽은
발바닥에 바스락 세월로 밟힌다
해마다 반복되는 계절의 변화이지만
가을은 세월의 빠름을 더욱 실감케 해
한 해를 마무리하고 있다는
마음마저 바람에 일렁이듯 음계를 탄다
서산에 기울어진 햇살은 단풍잎 사이로
곧게 비추고
숲은 해거름 석양빛에
알몸처럼 숨기지 못하고 붉게 불탄다
오늘이 가면 내일이 오듯
이런 장관은 반복되겠지만
인생은 어찌할 수 없이 유한하다는 것
소중한 하루가 오늘도 노을로 지고 있다

그리움의 메아리

못 보니까 그립다
SNS로 소통하는 요즘 시대
윤기 나는 문명의 꼭지에서
만남을 이루는 요즘 세대들이다
이 같은 시대에도 가까이하지 못하는 안타까움을
애타 하면서도 어쩔 수 없이 꽃불 마음 삭이며 산다
낮에는 훤한 먼 하늘을 바라보고
밤에는 반짝이는 별들 속에서 찾는다
절벽 같은 장벽이 막아서서
자기장磁氣場 같은 느낌마저 엷어지고
숨결까지 가늘어진 이 세상 한 구석
그 너머엔 그리운 이가 있어
끈질긴 인연 붙잡으려 애쓰며
이 앙다물고 지켜온 시간들이다
따뜻하게 손잡게 될 희망 속에
하루가 지나면 하루가 더 가까워진다 생각하고
저편 끝 아물거리는 아지랑이 같은 그리움
밤은 하얗고 그대는 선명하여
그리움의 메아리 오늘도 기다린다

달빛 마을

깊숙이 잠겨져 가는 세월을 안고 지낸다
기쁨 설렘 괴로움 이겨내며 오늘도 걷는다
너의 뜨거운 눈길이 어떨 땐 달빛처럼 환한
기쁨이기도 하고, 어떨 땐 휘파람새 소리처럼
회한의 탄식이 되기도 한다
차마 멀리할 수 없는 미련은 오늘도 너를 향하고
무심한 건 너무 큰 것을 잃을 것 같아
안 보는 것 보다 자주 보는 것이 좋을 듯해
꺼지지 않는 모닥불처럼 도란도란 나누는
대화가 더욱 찰져가고 있다
부챗살 모양으로 펼친 공작새같이
화려하진 않더라도
차곡차곡 좋은 기억만 쌓기로 하자
축축하게 젖은 옷이 뽀송하게 될 때처럼
미움 아닌 아끼는 옥구슬이 되어
그림 속 같은 달빛 마을 오솔길을
손잡고 천천히 걸어보자

어머니

4월 꽃 무등을 타고 가신 어머니
날씨도 무척 화창합니다
사십 중반에 홀로 되셔서
남겨진 재산으로 먹고사는 것보다
재래시장 입구에 채소 난전하여 4남 2녀 자식들
어엿한 사회인으로 만들었으니
어머니의 삶은 보석이었습니다
나이 드셨어도 채소 난전은 인생의 낙이 되어
삶이 끝나는 직전까지 손톱은 다 뭉그러졌는데도
그 일을 한 번도 포기하지 않으셨습니다
마을 노인정엔 베풀긴 해도 가 있는 건 싫어하며
장거리 해서 채소 파는 걸 더 좋아했었지요
하루치를 판 후 안방 바닥에 지폐를 펼쳐 놓고
하나씩 추리며 흐뭇해 하던 모습이 떠오릅니다
지역 시장께서 수여한 장한 어머니상을 두 번이나 받은
세상에 우리 어머니 같은 이 또 있을는지
당신이 버시니까 그런지 돈 쓰는 것을 아까워 않았는데
94세에 아버지 곁에 묻히시던 날
열일곱 손주들에게 할머니의 마지막 용돈

20만 원씩 베풀고 가신 것 기차지 않습니까
면 저세상 가는 길 미소 지으며 가셨을 것 같습니다
하루도 헛되이 보내지 않은 평생
봄이 더 바쁜 계절이었지만
이제 편히 쉬세요 어머니

파도

그대는 밀물 되어 다가오십시오
나는 우뚝 선 갯바위로 맞이할 테니까요
파도가 수없이 일렁이며 다가옴은
내 울렁거리는 가슴을 어루만지는 것과 같습니다
바다는 근심하지 않고 속삭이려고
끊임없이 출렁입니다
우리들의 삶도 물결처럼 늘
흔들리며 사랑하며 사는 것일 테지요
하루도 쉼 없이
뭍으로 뭍으로 오는 파도처럼
나는 매일같이 손잡고파 울렁이며 삽니다
늘 파도가 다가옴에 감사하고 있습니다

김지안

마음이 어둠 속에 갇히면 행동이 혼미해지고
속이고 꾸미려 기술을 부리면
글은 쓸모없는 도구에 불과함을 깨닫는다.
태어났을 때 그대로의 자연스러움으로
세상을 벗하며 글을 쓰고자 한다.

시

꿈
집
효녀라 여겼다

수필

사람의 품격
세상 가운데에서

약력

부산 출생. 2020 계간 『문파』 시 등단, 2020 계간 『미래시학』 수필 등단. 문파문학회 회원, 미래시학 회원, 한국문인협회 용인지부 회원, 한국여성문학인회 회원. 저서 : 공저 『물들다』 『가온누리』, 동인지 『계간 문파 시인 선집』 『용인문단 24호』 외 다수, 시집 『초록의 눈』(용인문화재단 문예진흥기금 수혜).

꿈

육체를 떠나 산으로 바다로
들로 무덤가를 돌아다니며 간다

검은빛 파도치는 하늘 노 젓는 뱃사공
오늘, 누구를 태우고 밤을 향유하는가?

뱃전을 울리는 사이렌의 노래 처연하다
삶의 화살 뜨겁게 달아올라
기울어지는 배 심연의 바다 입을 벌린다

사념의 조각, 별똥별처럼 흩어질 때

태양이 긴 혀로 말아 올린 낮을 토하며
이불을 개어 준다.

집

쓰다 말고 남기고 갈
잡동사니 같은 마음
얽히고설키어
이 구석 저 자리에 꽁꽁 묶여 있다

밝은 햇살 가득 너른 바다가 가슴을 설레게 했던 곳
해무가 짙게 깔린 창밖으로 손을 내밀었다
물빛에 가린 아리송한 표정의 그가
무심히 보고 있었다
내민 손 위로 차갑게 젖어드는 빗방울
알 수 없는 시간 속으로 빨려간 창틀은
밤새 세탁기 돌리는 소리를 내어
구정물에 범벅된 나를 씻겨 주었다.

집 안팎 여기저기 쓸려가듯 둘러본다
채움과 비움을 반복하면서
공간 여기저기에 낡으면서 새롭게
닳고 낡았어도 반지르르한 익숙함
자유가 있다 고집 센 정의가 있다.

효녀라 여겼다

고유의 향내가 맴돈다
법당에 있을 때나 잠자리에 들 때도
머리맡에 앉아 머리 쓰담아 주던
두툼하고 따뜻한 손길

슬플 때나 기쁠 때도
장난 심한 딸 때문에 학교에 와서
머리 숙여 있을 때도
나의 어머니라서 고맙다는 생각 못했다
당연히 받고 마땅히 버릇없는 것도
어머니니깐 받아줘야 한다고,

딸이 딸을 낳아 그 딸이 손자를 낳아 기르고 있다
여성이고 독립된 인격체로서 생각하지 않고
우리들의 어머니로만 당연히 여겼다

나이 들어 가는 딸
이제사 어머니의 말하지 못했던 말들, 깨닫는다

사람의 품격

사람의 근본은 마음이다. 잘생기고 못난 것으로 구별되는 얼굴이 아니라 그래도 세상과 만나려면 처음으로 상대의 얼굴과 마주한다. 때론 무표정하고 화난 모습에서, 싱글거리며 방긋하는 얼굴은 다양한 패러디를 자신도 모르게 표현한다. 숨길 수 없는 그의 마음이 그대로 드러나기도 한다. 첫인상은 살아가면서 결과적으로는 본심을 알아차리게 한다. 사람이 가지고 있는 배우고 학습하며, 반성하고 깨우치려는 습관이 좋은 품격을 스스로 만들어 낼 수 있는 자료가 된다고 여긴다.

며칠 전 우연히 TV를 보다가 뉴스에서 경악할 만한 영상을 보게 되었다. 뉴스는 녹화되고 편집되어 7일이나 2주 뒤에 방영되는 소식지가 아니니 그날의 사건인가 보다. 8살 초등학생이 퇴교 길에 개에게 피습되어 물려 쓰러진 상태로 계속 공격을 받다가 택배 기사의 용감한 행동으로 개를 쫓아내고 아이를 구출하는 장면이었다. 처음에는 사람을 공격하고 살인적 행위를 한 개의 주인을 찾아 경찰이 안락사까지 거론하였다. 며칠 후엔 결정이 아니라 논의 중이라고 했다. 동영상을 보여줄 때 초등학생이 개에게 공격을 받고 살려달라고 고함칠 때, 화면에 우산을 쓰고 그 장면을 보고도 급히 지나가는 아주머니가 찍혔다는 사실이다.

택배 기사가 조금만 더 늦었더라도 비가 오는 차도에서 아이는 목숨을 잃고 말았을 것이다. 미쳐 날뛰는 개에게 자기도 물릴 걸 두려워하여 아이를 외면하고 지나친 아주머니는 누군가의 어머니이고 딸일 것이다. 인간 아이가 두려움과 공포로 일각의 위기에 빠져 있는데 모른 체, 지나가다니 그래도 119에 신고하고 이웃을 불러 아이가 위험하다고 말할 정도는, 우산대로 쫓아내지는 못했다 해도 했더라면, 그 장면의 비열함 때문에 오랫동안 소 쓸개를 씹은 심정이었다. 인간의 존엄성이 땅바닥에 구르는 느낌이다.

사회의 여러 곳에서 사람들은 품격을 잊어버린 채 미쳐 날뛰고 있다. 코로나라는 전염병은 빙산의 일각일 뿐이고 신의 경고에도 사람들은 반성하지 않고 온 거리를 쏘다닌다. 여기저기에서 총기 난사 사건, 스토커 한 사람이 3모녀를 살해하고, 보험금을 노려 남편을 가스라이팅 한 앳된 여자, 돈을 가지려고 친부모와 친할머니를 살해한 패륜 아들, 입양한 아이를 귀찮다고 때려죽인 양부모, 친동생의 딸을 물고문으로 죽인 사건들, 심지어는 경찰 간부가 음주하여 만취된 상태에서 일으킨 자동차 사고들을 보면, 사람들이 악해지는 것이 병을 핑계 삼아 오히려 당연한 응징인 양 당당히 걸어가는 모습들도 세상살이를 어렵게 한다.

요즈음 정치가들의 행보를 보면 모리배란 말이 그냥 나온 게 아닌 것 같다. 2달 국회가 열리지 않았다는데 매월 1,250만 원이란 세비를 받고 7억 5천만의 혜택을 받는다고 했다. 코로나로 파산한 서민들은 심하면 자살까지도 하는데, 국민들을 위해 무슨 일을 했다고 사저를 몇십억짜리 지어서 고향에 내려가 촌부로 조용히 산다고 하나, 연일 뉴스를 장식하고 있는 것은 인격 살인에 '꼬시래기 지 살 뜯는' 말장난이 태반이다. 그들이 우리를 대변한다고 민생 운운하면서 카메라 앵글을 잡는다. 평론가, 교수, 변호사 정치 대변인이라는 사람들이 패널로 나와서는 양 팀으로 나눠 말장난을 치고 논쟁이라는 걸 한다. 수많은 지성을 자처하는 사람들은 대체 탁자만 보고 쓰여지지 못하는 글만 끄적이고 있는가?

인격은 그 사람의 품질이다. 사람들은 나름 자신의 각을 세우고 품격을 다지면서 사회와 소통한다. 어릴 때 어머니께서 형제들이나 이웃을 만났을 때 예를 갖춰 인사를 잘해야 한다고 했다. 남이 음식을 나눠 줄 때는 맛있고 없고를 떠나 감사하다는 말을 잊지말라고 하였다. 몸이 불편하고 서툴게 보이는 사람이 오갈 때도 먼저 도움을 주며 게을리하지 말라고 하였다. 당신이 실천하면서 보고 따르도록 하였다. 사람의 옷차림과 행색이 초라할수록 몸을 낮추어 적극적으로 도움을 주어야 한다. 행동에 앞서 타인의 의견을 물어보고 일해야 한다고 했다.

사람은 소중한 존재이고 처음에 정도의 차이를 보여줘도 똑같으며 오늘의 화려한 내가 마냥 화려할 수만 없을 때를 대비해 상대의 마음을 헤아리고 여력이 되면 힘껏 최선을 다하라고 하였다. 사람은 동물 가죽을 덮어쓴 물체가 아니다. 내가 사람이면 상대도 사람이다. 서로 잘잘못을 따지기 전에 소중하게 여기고 진심으로 마주한다면 명품이 따로 없고 네가 바로 명품이라 할 수 있다. 함부로 굴면 꼭 부메랑이 되어 자신이 한 만큼 2배로 되돌아온다는 것을 잊어서는 안 되리라 여긴다.

세상 가운데에서

커튼을 걷어 올리고 창문 너머 회색 빛깔의 하늘을 본다. 어제도, 그제도 보아 온 하늘은 보인 그대로가 전부이진 않다. 이제껏 보아 온 나의 세계는 일부분이었다. 장님이 코끼리 다리를 만지듯 '묵시적으로 전부이고 전체인 우주여' 하고 부르짖어 왔다. 많은 사람이 자신의 입장에서 보여지는 것만으로 전부라고. 그런데 무얼 보았을까? 보려고 했을까? 그것 역시도 개인 차이가 있으리라 여긴다. 입장을 좁힌다는 것은 공통적 결론을 가져서 아니면 암묵적으로 합의를 보려는 의지에서 조화를 꾀했다면 진실은 여전히 가려진 채가 된다. 우린 세상이 도출해낼 수 있는 진실의 세계를 보려고 사는 거라고 여긴다

비가 올 듯하다. 기상예보에는 오늘 장마처럼 많은 비가 내린다고 하였다. 한 해 두 해 겪은 것도 아닌데 비가 오더라도 그날의 기분에 따라 비의 색깔과 맛이 각기 다르다. 비 내릴 오후를 기다린다. 어제의 나는 묶어진 과거 속에서 꼬리를 잡고 맴을 돌며 장단 없는 춤을 추었고, 비 오길 기다리는 오늘은 반짝거리는 눈빛으로 희망을 기대한다. 매일 반복되는 일상이다. 마음속 그림자는 커튼을 걷어 올리듯 수백 번 나를 올렸다 내렸다 하며 장단을 멈추지 않는다. 두 눈이 보여주는 좁다란 시야를, 거기서 일어나는 어떤 현상이든 진실이라 믿고 따라간다.

교과서적 삶, 결론이 정해지고 삶의 순서가 뻔히 들여다보이는 누구도 거쳐 간 길이 정석이라 하며 고집을 피운다. 정말 책대로 살려고 그것이 삶의 정의가 아닐 수도 있는데 모험도 반항도 없이 살아가며 죽음이 찾

아왔을 때 '저 잘살았지요, 어디로 따라가면 천국이 나오나요, 나는 일등석에 앉아 가죠' 하며 여전히 맥락 없는 어설픈 미소로 두 손을 맞잡는다면, 되돌아와서 첫 페이지부터 다시 시작할 것이다. 비록 짧은 순간에 영원을 약속하며 희망과 행복을 기대하고 삶의 본질을 깨달으며 살았다고 해도 그것에 만족하면 역시 굴레에서 벗어나지 못할 것이다. 여러 생을 거듭해 나와도 세상은 발전과 변화의 본질을 깨닫지 못한다.

어제 그녀를 만났다. 종교가 같아서 말하기 편한 주제를 갖고 있다는 공통점으로 그의 말에 귀를 기울였다. 몇 마디 듣고 나니 슬슬 짜증이 올라온다. 생각의 차이임이 분명함에도 말의 전개는 나의 입과 귀를 막고 원한다면 눈을 감아도 된다는 식이었다. 집에 돌아와 피곤하여 탈진한 몸을 누이면서 거실 마루에서 쪼그려 턱을 괴였다. 그녀는 알뜰하고 선한 사람이다. 어머니로서, 부인으로서 빈틈없이 잘 살아왔다고 되풀이하고 되돌이하면서 빤히 쳐다보았다. 왜 나를 사로잡으려 할까. 예사롭지 않던 눈빛이 섬찟하여 말을 흘러버린다. 마음속에서는 그녀를 단죄하고 인연을 끊어야겠다는 말이 자꾸 맴돌았다. 나는 매사에 몇 번 말을 하다가 생각과 뜻이 다르면 매정하게 끊어버린다.

일부를 전부라 여기고 세상이라 여기며 내게 보이는 공간이 현실이고 거기에 살고 호흡하며 사람을 만남이 삶의 현장이라고 절대적으로 믿는다. 오래전에 가두리 되어 온 생각은 말라비틀어지고 매운맛도 잃어버렸다. 삶이 파도 타듯 속절없이 가는데도 멍하니 쳐다보기만 한다. 비록 혼자의 세계가 저마다 좁더라도 이 사람 저 사람 연결하여 고리를 만들다 보면 3명, 4명이 가져왔던 생각이 합일된다. 같은 취향이구나, 한다면 합체된 조그만 것이 점과 고리와 둘레가 되어 커지고 모인다. 코끼리 코를 보고, 전부를 볼 수 있는 혜안이 생길 거라 여긴다. 에크하르트 톨레는 '당신의 모든 행동과 관계는 당신이 깊은 내면에서 감지하는 모든 생명과의 일체감을 반영하게 될 것이다'라고 했다. 창밖을 두드리는 빗소리 내 마음처럼 요란하다. 안개 짙은 바깥의 습기가 열어진 틈새로 쏟아져 들어와 급히 창문을 닫는다.

최레지나

돌아오지 않는다는 것을 많은 시간이 흘러야 이제 알았네
이별의 값은 없어
네가 왔을 때 이별도 같이 왔잖니

시

제2 여인
빛바랜 사진 앞에서
무인 택배
시간의 뒤
등산

약력

서울 출생. 시계문학회 회원. 저서 : 공저 『오래된 젊음』 외 다수.

제2 여인

하얗고 작은
두 볼이 둥근 여인
새롭게 입주했다

매끈하고 싱싱한 두 볼 조심스럽게 만져보니 기분이 좋다
잘 사귀어 보자

상냥한 말로 밥하는 법을 알려준다
오랫동안 밥을 해온 나는 이 여인 명령에 따른 종이다

버튼 누르면 몇 분 후 밥이 된다는 신호.
뜸 들인다.
다 됐다.
말을 한다
옛날 가마솥 밥 맛이 난다

간단한 요리도 이 여인이 해주니 편하다

주방에 제2 예쁜 여인 주인이 되었다

세상이 변해 가고 있다
AI 세상임이 몸에 와닿는다

아침 일찍 일어나
새벽 밥하는 고생하신 어머니 생각이 떠오른다

우리는
과거 삶과 현재의 삶
두 시대를 산다

밥이 주식인 우리는
밥 잘하는 여인을 사랑하게 되었다

빛바랜 사진 앞에서

넓은 공원 푸른 잔디에 앉아 어릴 적 아이들 무릎에 앉혀 찍은 3남매 빛바랜 사진

탁자 위에 꽃이 놓고 바라보며 가 버린 추억을 찾아 흘러간 시간을 잡아 본다

가 버린 삶의 순간들이 행복이었고 추억들은 시간이 흘러간 뒤에야 가슴에 소리 없이 젖어 든다

그 시절 잠시 지나간 삶에 감성은 어디 있었나 따듯한 마음이 없었나

이제 아이들은 다 나의 무릎에서 떠나고 내 가슴은 빈 의자에 홀로 앉아 있다

소리 없이 눈물은 가슴에 젖어 내리고 온기가 사라진 차가운 손 빳빳한 나뭇가지 같다

밤하늘의 별빛에 얼굴을 묻는다

무인 택배

순백의 포장 안에
365날이 담긴 무인 택배

첫날의 태양을 가슴에 안으니
36.5도 온기가 혈관 속으로 흐른다

오늘도 어떤 날들이 될까
떨리는 마음으로 하루를 연다

건강에 답을 주기 위해 쉼터에 운동기구 만나서
심호흡으로 자연의 에너지 깊숙이 넣어 본다

세포들도 일렬 맞추어서 움직이니
몸은 더 자연을 요구한다

무인 택배 값은 없으니 몸은 더 가볍다

시간의 뒤

뜨겁게 손잡고
장미꽃 심어.
향기에 취해 흔들려서 시간도.
멈추었는데

밀물 썰물 셀 수 없이 지나가고 바닷가 모래밭.
붉은 노을 속에
하얀 그림자 걷고 있으면.
눈물은 저 바닷물 위에 떠 있다

두 손 움켜쥔
소리 없이 빠져나간 시간의 흔적들

떠들썩 둘러앉아
갓 부친 따듯한 빈대떡
지금도 잊히지 않는 그 맛들

수저통 은수저 변해가고
저녁 식탁은 빈 의자 빈 술잔뿐

기 세워도 땅 위요

기 낮추어도 땅 위요

가버린 시간의 뒤를 우리 모두 한 줄로 서성인다

하늘이시여

등산

요즘 기능성 등산복 좋은 등산화 장비를 보면
지난 일들이 떠오른다
1980년대는 등산화와 장비가 별로 없던 시절

엄마오름회 여성 등반대 가입하고
전국에 아름다운 자연과 산속의 웅대한 신비에 빠져들었다

깊은 산 나무들이 뿜어주는
깨끗한 산소
계곡의 맑은 물목을 넘기면
생명수는 등을 타고 내려와 온몸에 전율이 흐르며 다시 태어난다

나도 이쪽으로 발을 넣어 빠지게 되었다
갈수록 몸과 마음은 힘이 솟고
제2의 건강을 챙기는 삶이 되었다
큰 꿈을 품고
설악산 대청봉을 2박 3일 가기로 했다

어설픈 운동화 엉성한 배낭
3일 식량 메고

봉정암 도착 1박하고
절에서 새벽에 주는 주먹밥과 미역국 먹고
대청봉을 향해 하루를 걸었다

하늘과 대청봉과 나와
하나 되는 꿈을 이루었던 순간
지금도 가슴을 설레게 한다

유태표

해방둥이로 세상에 나와, 하루도 거름 없이 가고去 또 가기를 억만 리 길, 오늘은 얼마큼 더 갈 수 있을까?
세상의 처음 질서엔 감去이 없는데, 어느덧 나와 내 동무들은 하늘가에 맞닿아 맴돌고 있네.
반짝하다가 사라지는 유성流星들의 이야기들을 가슴 가득 담고 있지만, 별빛으로 다듬어 낼 재주가 없다네.
하늘가를 가로지르는 열반涅槃의 강어귀, 신 한 짝을 남기겠다고 야단들인데, 내겐 남길 신 한 짝마저 없구나.

수필

님이 부활하신 날
오월이 되면
가을엔

약력

고려대학교 법대 졸업. SK 상사 전무. 중부 도시가스 부회장.

님이 부활하신 날

오늘은 대통령님이 퇴원하시는 날, 5년 만에 처음 보는 님의 모습은 어떻게 변했을까? 유튜브 화면으로 병원 문을 나서는 님의 모습을 보기 위해 기다리는데, 왜 그렇게 마음을 졸였는지 모른다. 오랜 영어囹圄의 고초를 견뎌내느라, 국민과 마주할 때 늘 지니고 계셨던, 자비로운 미소가 사라졌으면 어떻게 하나? 5년간 쌓인 인간적인 고통, 배신에 대한 분노와 증오가 님의 그 자애한 엄마의 눈매를 맹수의 눈매로 바꾸어 놓았으면 어떻게 하나? 님의 한결같은 초연한 모습을 믿고 있지만, 물 한 방울만큼의 아주 작은 기우를 갖고 있었던 것이다. 나뿐만 아니라 그곳에 모여 있는 몇몇 사람이 나와 같은 염려를 했을지도 모른다.

이윽고 몇몇 경호원이 앞서 나오고, 뒤를 이어 병원 문을 나서 꼿꼿이 걷는 님의 모습은 건강해 보였고, 마스크 위에 자리 잡은 두 눈은 잔잔한 미소를 짓고 있었다. 그 눈길은 분명, 오랫동안 헤어졌던 자식들을 만나는 엄마의 눈길이었다. 그분에 대한 우리들의 믿음은 결코 빗나가지 않았다. 잠시 길을 잃었던 어린애가 엄마를 찾은 감격과 안도감으로 울음을 터뜨리듯이 그곳에서 기다리고 있던 많은 사람이 울었다. 어떤 이는 소리 없이 눈물을 훔치고, 어떤 이는 목 놓아 울기도 했다. 나도 유튜브 화면을 들여다보며 뜨거운 눈물이 쏟아지는 것을 참을 수가 없었다. 기자들 질문에 아주 짧게, 그러나 아주 긴 이야기를 남기고 차에 올라, 다음 행선지인 현충원으로 참배를 떠나셨다.

참배를 떠나신 후, 조금 전에 보았던 님의 보일 듯 말 듯 한 그 미소가 내 눈가에, 내 가슴 속에 그대로 남아 있는 채로, 순식간에 여러 가지 생각이 활동 사진처럼 머릿속에서 돌아가고 있었다. 본디오 빌라도의 법정에서 골고다 언덕까지 800미터의 길을 예수께서는 70킬로그램이 넘는 십자가를 메고 걸으셔야 했다. 얼마 못 가서 쓰러지시자, 구경하던 흑인 '시몬 니게르'가 십자가를 대신 메어 주었다. 이 길을 가리켜 후에 로마 사람들은 고난의 길 또는 슬픔의 길이라는 뜻을 가진 '비아 돌로로사'라 부른다고 한다.

악마의 자식들이 TV 화면을 장악하고 온종일 거짓말로 저주를 퍼붓고, 독사의 자식들은 여의도에 모여 죄를 만들어, 그걸 들고 안국동(헌재)으로 달려가 법복을 입은 빌라도에게 님을 탄핵해 달라고 울고불고 했던, 가롯 유다보다 더 사악한 무리들의 이야기를 어찌 말로 다 헤아릴 수 있겠는가? 님이 걸으셨던 비아 돌로로사는 5년 동안 걸어야 했던 오랜 형극의 길이었다. 그러나 그 길은 부활의 길, 예수가 십자가에 못 박혀 죽음으로써 부활하셨듯이, 님은 5년간에 걸친 오랜 간난을 극복함으로써 우리들 안에서 부활하신 것이다.

일본 교토시 구석진 곳에 고류지廣隆寺란 절이 있다. 그곳에 일본 국보 제1호인 '목조 미륵보살 반가사유상木造彌勒菩薩半跏思惟像'이 있다. 고류지 입구의 안내문을 읽어보면, 미륵상이 백제로부터 건너왔다고 적혀 있다. 한반도에서 자란 적송赤松을 재료로 우리의 선조 목공이 깎아 만든 예술품이라는데, 불상을 볼 때마다 나는 한반도의 향수에 젖곤 했다. 미륵상의 얼굴엔 깊은 사유가 잠겨 있으면서도 눈가에 드리워진 알 듯 모를 듯한 미소가 있다. 어떤 이는 이를 두고 모나리자의 미소와 비교를 하기도 한다. 모나리자의 미소에는 세속적인 인간의 감정이 묻어 있지만, 미륵상의 미소에는 언어로 표현할 수 없는, 인간을 해탈한 오묘함이 있다는 것이다. 분명 눈가에 보일 듯 말 듯 미소를 지으며 꼿꼿이 걸어 나오는 님의 모습은 마치 석가모니 부처의 입멸 후, 65억 7천만 년 뒤에나 하생下生하실 거라는 미륵보살의 모습 그대로였다.

12시쯤, 대통령님을 맞이하기 위해 아침부터 사저 앞으로 모인 인파가 5천 명이 넘었다고 한다. 15분쯤 지나자, 사저에 도착한 대통령은 화동花童이 전하는 꽃다발을 받은 후, 아이를 꼭 끌어안았다. 몇 년 만에 맡아보는 착한 천사(아이)의 체취인가! 몇 년 만에 만나보는 착한 국민들의 얼굴이며, 함성인가! 님의 부활은 그렇게 착함 가운데서 이루어지고 있었다. 계획적으로 모여진 청중들이 아니라서 주위가 몹시 산만하고 시끄러웠다. 연설이 시작된 지 얼마 안 되어, 괴한이 대통령을 향해 소주병을 던지는 돌발 상황이 벌어지기도 했다. 경호원들이 신속히 대통령을 에워싸고 온몸으로 막으며 괴한이 체포되면서 연설회장은 정돈되었다.

잠시 후 '얘기가 끊어졌네요.' 미소를 지으며 연설을 계속하는 대통령의 얼굴엔 당황하거나, 두려워하는 기색이 전혀 보이지 않았다. 오히려 '이곳으로 오시면 여생을 편안하게 모시겠다는 달성 주민들의 이야기를 듣고 나는 참 행복한 사람이라고 생각했습니다.' 이 연설 대목에서, 거기 모여있던 모든 사람은 눈물을 글썽이다가, 소리내어 울고, 통곡하며 울었다고 한다. 착한 국민들이 있어, 감옥에서도 견딜 수 있었고, 행복할 수 있었다고 하는 말씀을 들으며, 당신을 지켜드리지 못했던 우리들은 스스로 심한 자괴감에 빠져, 너나없이 울음을 터뜨렸던 것 같았다.

'시간은 걸리겠지만, 진실은 반드시 드러날 것입니다.' 5년 전, 님이 탄핵 당하기 직전, 모 유튜버와 인터뷰할 때, 남긴 말씀이었다. 조그만 태극기와 물 한 병을 넣은 백팩을 메고 광화문 집회에 갔다가 돌아오는 길엔 늘 마음속에 그늘이 있었다. 집회가 끝나고 나면, 광화문 일대는 아무 일 없었던 것처럼, 사람들은 제 갈 길을 걸어가고, 서양 사람만큼이나 큰 키의 젊은 애들은 팔짱을 끼고 킥킥 웃으며 행복한 데이트를 즐기고 있었다.

백만 명 이상이 서울역, 남대문, 광화문 일대를 가득 메우고 외쳐대지만, 긴 시간 어둠 속에서 악마들이 쌓아놓은 거짓의 산을 무너뜨리기엔, 넓은 연못에 돌 하나를 던져 넣는 파장 정도로, 그 거짓의 산은 너무 첩첩했다. 하느님은 과연 계시는가? 거짓과 위선이 판치는 지옥의 세상을 하느님은 보고 계시는가? 나와 내 동무들은 눈과 귀가 어두워져, 악마의 날이 끝나도, 님이 오시는 것을 못 볼 수도 있겠구나! 우리들은 깊은 절망의 늪에 빠져 있었다.

'그러나 5년 전 당신이 하신 그 말씀은 옳았습니다.' 지난해 연말, 어둠을 헤치고 님이 우리들 안으로 부활해 오심으로써, 님을 되찾은 우리들은 악의 끝을 볼 수 있겠다는 희망을 가질 수 있게 되었다. 정의와 진실은 반드시 거짓을 이기게 되어 있다는 믿음을 우리들에게 심어 주었던 것이다. 우리들은 모두 투표장으로 몰려 갔고, 시니어들의 분노는 활활 타올라, 진실이 거짓을 무너뜨리는 드라마를 연출할 수 있었던 것이다.

님은 수감 생활 5년간, 1,200권의 책을 읽고 책 한 권마다 짧게 독후감을 적어 넣었다고 한다. 앞으로 그것들을 목록화하여 독후감 중심으로 책을 엮을 거라고도 했다. 우리들은 그분에게서 초인을 보며, 우리들에게 너무나 과분한 대통령이었다는 것을 새삼 깨닫게 된다. 그리운 어머니를 다시 만나는 것처럼, 하루 종일 유튜브 화면을 보고 또 보며, 오랜만에 내게 찾아온 행복한 하루를 만끽할 수 있었다.

오월이 되면

집 근처 신대 호수가 있어 거의 매일 운동 삼아 그곳을 다녀온다. 광교산에서 계곡을 따라 흘러내린 물이 개울 지어 신대호수로 흘러들어 잠시 쉬었다가 어딘가로 흘러나간다. 호숫가에 늘어선 이름 모를 나무들과 풀들이 낯익은 얼굴로 나를 바라본다. 우리는 매일같이 얼굴을 익혀온 사이라서 무심히 만나고 무심히 헤어지곤 한다. 그들의 무심은 가끔씩 내가 겪고 있는 현실에 대한 좌절감과 슬픔을 달래 주기도 한다. '이것 또한 지나가리라' 내 어깨를 다독거리며 현자의 언어로 속삭인다. '세상을 들여다보지 말고 무심히 바라보라.' 그들의 오월은 사월의 모습과 달리 시작을 넘어 생명의 모습을 당당히 갖추고, 연두색에서 푸른색으로 바뀌어 있다.

작년 오월, 이곳을 함께 거닐다가 문득 서서, 내 얼굴을 빤히 올려다보며 뭔가를 묻던, 손자 놈의 눈 속에 담겨 있던, 푸른 하늘은 지금도 그대로 푸르다. 노천명 시인의 「푸른 오월」에는 이런 歎息(탄식)이 있다. '내 젊은 꿈이 나비처럼 앉은 正午(정오) 계절의 여왕 오월의 푸른 여신 앞에, 내가 웬일로 무색하고 외롭구나!' 생명의 축제장에서 내뿜는 거칠고 단내 나는 숨소리를 시인의 섬세한 감성으로 감당하기엔 그 감동이 너무 컸으리라.

칠십을 훨씬 넘긴 나는 하루하루 깔딱 고개를 넘는 심정으로 살아가고 있지만, 계절의 여왕 오월이 되면, 푸른 이파리 하나하나를 닦아주며 오월을 붙들고 싶도록, 철없이 신명 나는 걸 참아낼 수 없다. 오월이 되면 체념과 용서에 대한 이야기는 까맣게 잊히고, 잔인한 검투사처럼 거친 숨을 내쉬며 승리의 삶을 살고 싶어지는 것은 왜일까? 서른한 개의 날들을 저금통장에 넣어두고, 서른한 명의 반가운 이들을 골라, 하루에 한 명씩 만날 수 있다면 얼마나 좋을까! '내 젊은 꿈이 나비처럼 앉은 정오' 나의 푸른 오월에는 어떤 추억이 숨겨져 있을까?

내가 다녔던 고려대학교는 매년 오월 초에 석탑 축제를 한다. 축제의 마지막 날, 어둑어둑해지면, 대 운동장 곳곳에 드럼통 한가득씩 막걸리를 담아 두고 누구든지 마시고 싶은 대로 마셨다. 축제 행사장엔 취기 오른 사람들이 서너 명씩 떼를 지어 먹이를 구하는 사자들처럼 교정을 어슬렁거리고, 본교생과 타교생들이 뒤섞여 시끌벅적 했다. 선남선녀가 짝을 지어 흩어져 교정 곳곳에 놓인 벤치에 앉아 밀어를 나누기도 하고, 짙은 라일락 향기가 작은 바람을 타고 그윽이 콧등을 스치는데 미네르바의 부엉이조차 향기에 취해 눈을 감고 잠든 것 같았다.

그때 가톨릭 의대를 다니는 한 여학생을 만났는데, 어떻게 해서 만났는지 또렷한 기억은 없다. 영문은 알 수 없지만, 디오니소스 신이 내게 행운을 내려 주었는지도 모르겠다. 어두워져서 얼굴도 잘 보이지 않았지만, 그녀에게 호기심을 갖게 된 것은 의대생이란 것이었다. 그 당시 여의사는 드물기도 했지만, 의사는 글자 그대로 의술을 가진 스승이기 때문에 존경받는 사람이었다. 나는 처음에 약간 기가 죽어서 물으면 대답하는 소극적 자세를 취했다. 얼마큼 시간이 지나 교문 밖 다방으로 자리를 옮겨 차를 마시고 하다 보니, 집으로 돌아갈 시간이 되었다.

그녀의 집 안국동까지 데려다주겠다고 했더니 그녀는 사양은 했지만 거절하는 것 같지는 않았다. "우리 집은 전화가 없어서 그러는데…" 쭈뼛

쭈뼛 내 말이 끝나기도 전에 그녀는 메모지에 자기 이름과 집 전화번호를 적어 주었다. 다방에서 나와 왜 그랬는지 모르지만 우리는 안암동에서 신설동까지 걸어 나왔다. 버스 정류장에 버스가 없으면 그대로 지나쳐 걸었는데, 설령 버스가 있었다고 해도 다음 정거장에서 타기로 암묵적으로 동의하면서 계속 걸었다. 우리는 마치 오래전부터 만났던 사람처럼 서로에게 익숙해져 있었다. 내가 재미있다고 생각하면, 그녀도 재미있고, 그녀가 재밌다고 하면 나도 재밌는 것이었다. 쉴 새 없이 재밌는 얘기를 나누며 걸었는데, 6 대 4의 비율로 그녀가 나보다 얘기를 더 많이 한 것 같다.

무슨 얘기를 했는지 전혀 기억은 없지만, 그녀의 목소리는 보통 사람보다 한 옥타브 위의 고음이라는 것, 보통 여성들의 목소리가 첼로라면, 그녀의 목소리는 바이올린과 같았다. 우리가 동대문을 지나 종로통을 걸어서 종로3가쯤 왔을 때, 문제가 생겼다. 유객을 하는 창녀들이 길을 막고, 우리를 희롱하는 것이었다. 얼마 동안 실랑이를 벌이다가 우여곡절 끝에 그녀를 데리고 빠져나오는 데 성공했다. 거의 통금이 다 되어서야 안국동 골목으로 들어서게 되었는데, 그녀는 나의 귀가를 크게 걱정하며 다음 날 전화를 꼭 해달라고 했다. 손가락으로 저기가 자기 집이라고 하면서, 혼자 갈 수 있으니 이쯤에서 돌아가라고 했다.

오던 길을 되돌아가는데, 승자의 발걸음은 조금도 무겁거나 힘들지 않았다. 통금 시간이라 불 꺼진 한길은 너무 고요해서 조금 무섭기는 했지만, 화신 앞을 지나 종로2가쯤 지나려는데 호루라기 소리가 들렸다. 근처 파출소에 끌려가면서도 순경들이 그처럼 반가울 수 없었다. 나는 그날의 일을 자초지종 진술하고 순경의 처분을 기다렸다. 친절한 순경 아저씨는

팔뚝을 내놓으라 하더니, 잉크 칠을 한 파출소 확인 도장을 찍어 주었다. 그것만 보여주면, 유치장에 들어가지 않고 통과할 수 있으니 지워지지 않도록 하라고 당부했다.

그 후에도 몇 군데 파출소에 끌려가서 학생증을 내보이고, 그날의 일을 자초지종 진술하는 절차를 되풀이하면서 나의 집, 장위동을 향해 걷고 있었다. 마라톤 평야에서 페르시아 대군을 무찌른 뒤, 승전보를 전하려 아테네로 달리던 페이디피데스처럼, 나도 승전보를 안고 장위동 고개를 넘고 있었다. 우여곡절 끝에 집에 도착했을 때는 통금이 해제된 후였다. 조심스레 담을 넘어 고양이처럼 방문을 열고 형 옆에 누워 잠이 들었다.

다음날 늦잠을 자고 일어나니 열두 시 가까이 됐다. 그녀에게 전화를 걸자면 한길로 나가 다방에서 커피 마시고 요금 얼마를 줘야 했다. 옷을 입고 주머니를 뒤져보는데 그녀가 내게 준 메모지가 없는 것이었다. 전날 입었던 셔츠와 바지 주머니를 아무리 뒤져도 그녀의 메모지는 없었다. 도대체 어찌 된 일인가? 그녀가 내게 메모지를 건네준 이후의 행적을 복기해 보았다. 종로 3가에서 그녀를 보호하기 위해 몸싸움 했을 때? 파출소에서 학생증을 몇 번 꺼냈을 때? 그 외는, 메모지가 빠져나갈 까닭이 없었다. 메모지를 건네받을 때 흘낏 본 그녀의 이름도 최씨 성만 기억에 남을 뿐, 그녀의 정체에 대해 아는 게 하나도 없었다.

처음엔 황당했지만, 이렇게 만날 수 없게 되는구나 하고 체념하게 되었을 때, 그 좌절감은 내게 몹시 큰 통증을 주었다. 그녀와 다섯 시간을 함께한 오월의 어느 날. 그날 이후, 나는 '홀로된 자'가 되어 있었다. 사랑을 시작하기도 전에 사랑을 잃어버리는 슬픔에 잠겨 버린 것이다. 캄캄

한 밤중 그녀가 손가락으로 가리켰던 그녀의 집은 아이러니하게도 밝은 대낮이 되니 찾을 수 없었다. 지금도 안국동 근처는 나의 비밀스러운 추억의 명소로 되어있다. 오월! 지울 수 없는 한여름 밤의 꿈으로 남아 내가 그날의 장면을 꿈꾸면, 그녀도 나와 꼭 같이 그날의 장면을 꿈꿀 수 있을까?

가을엔

앞으로 몇 개의 가을을 맞이하고 보낼 수 있을까? 가을은 언제나 내 가슴속으로 조용히 와서 늘 새로운 그리움과 슬픔을 던지고 떠난다. 어느 가을엔 어머니 아버지를 그리워하게 하고, 또 어느 가을엔 일찍 세상을 뜬 형을, 그리고 나의 가난했던 암울한 시절을 그립게 한다. 그리워하는 그것은 나의 고향이다. 어머니도, 아버지도, 형도, 가난했던 시절도 나의 고향이다. 그 뿐이랴. 『소나기』에서 그려지는 예쁜 사랑처럼, 어린 마음속에 숨겨졌던 사랑도 나의 고향이고, 늦가을 고려대학 교정 한 귀퉁이 코스모스 밭두렁, 그 곳도 나의 고향이다. 그곳에 엎드려 냉기를 가슴으로 받으며 『팡세』를 읽었지.

십수 년 전쯤, 크리스마스를 며칠 앞두고 집안 형편이 어려운 학생들에게 교복을 증정하는 행사가 있었다. 10개 시·군에 가스를 공급하고 있었기 때문에, 매년 시 군별로 많게는 백여 명, 적게는 수십여 명의 학생들을 선발해 교복을 증정해 왔다. 그날은 충남 서천군 교육청에서 증정식이 있었다. 천안에서 그곳까지 가는데 도로 사정이 지금 같지 않아서, 한 시간 반 이상 걸렸다. 그날은 폭설 경보가 내렸고 앞이 잘 보이지 않을 정도로 눈이 내리고 있었다. 서해안가를 달리고 있어서일까? 눈은 더욱 더 심한 폭설이 되어 퍼붓듯이 내렸다. 차가 어디를 가고 있는지 모를 정도였다. 증정식장에서 해야 할 인사말 원고는 그 내용이 늘 의례적이고 정형화 되어 아무런 감동이 없는 것이었다. 눈 속을 헤집으며 가고 있어서일까? 문득 학생들과 가난했던 시절에 대해 화롯불을 쬐며 얘기하고 공감하고 싶은 마음이 생겼다.

나의 어린 시절, 누구나 살기가 어려웠지만, 우리 집은 다른 집보다 더 가난했던 것 같다. 나는 수학여행을 가 본 적이 없고, 앨범을 가져 본 적도 없다. 음악 선생님과의 추억은 있어도 미술 선생님과의 추억은 거의 없다. 왜냐하면 미술시간에 들어가려면, 준비물이 많아 돈이 많이 들었기 때문이다. 그러나 음악 시간엔 책 한 권이면 선생님의 피아노 반주에 맞추어 노래를 하거나, 방음 장치가 되어있는 음악실에서 선생님의 해설을 들으며 음악을 감상했다. 언젠가 핀란드에 출장을 갔을 때, 작곡가 '시벨리우스' 공원을 찾은 적이 있었다. 그가 작곡한 〈핀란디아〉를 들으며, 대리석을 깎은 듯 미남형이었던, 그 선생님을 추억한 적이 있었다.

내가 어머니에게 듣고 기억하기로는 아버지에겐 세 번 정도 재산을 모을 수 있는 기회가 있었다. 그러나 아버지는 사업을 처음 시작할 때 긴장하는 것보다, 사업이 잘되어 돈을 벌기 시작할 때 더 긴장해야 된다는 경영의 이치를 알지 못하셨던 것 같다. 사업을 시작해서 돈이 들어오기 시작하면, 긴장이 풀리고 주색잡기의 유혹에 잘 넘어가기 마련이다. 가난으로 인해 철이 든 사람은, 다시는 가난하게 살지 않지만, 그렇지 않은 사람은 늘 가난을 달고 살 수밖에 없다. 인생을 살면서 세 번 정도의 기회가 온다는 것은 운이 좋은 편인데, 부유한 집에 태어난 아버지는 그 기회들을 붙잡지 못하셨던 것 같다. 문호 괴테는 이렇게 말했다. '눈물 젖은 빵을 먹어보지 못한 자는 인생을 말하지 말라.'

교복을 증정받을 때, 학생들은 그것을 부끄러워 한다고 했다. 나는 그들의 맘을 잘 알고 있었다. 부끄러워야 할 때 부끄럽지 못하다면, 그것은 뭔가 잘못된 것이다. 가난은 분명 부끄러운 것이지 자랑스러운 일은 아니다. 그것은 오랫동안 상처로 남아 깊은 흉터로 남을 수도 있다. 희망으로 가득할 나이에 좌절에 둘러싸인 사춘기를 지나고, 자유로운 상상력이 제약을 받고, 스스로 체념하는 법을 배운다. 소위 '애 어른'이 되는 것이다. 거기다 가난한 아버지의 무능을 탓하기 십상이다.

사람들 눈에 띄지 않는 곳에서 강소주를 마시며 눈물짓는 가난한 아버지들의 맘속을 헤아려 보았는가? 집안에 여유가 있어서 교복을 바꿀 때가 되었는지 알지도 못하는 부자 아버지의 사랑과 가난한 아버지의 사랑을 비교하지 말라! 가난한 아버지의 사랑은 그 무게가 천 근을 넘어 자식이 감당할 수 없을 만큼 무겁다. 그 가난이야말로 아버지가 우리들에게 남겨 주신 위대한 유산이란 걸, 육십을 넘어서 알게 되었다. 마치 동굴 벽화에 그려진 석기시대의 그림처럼, 아버지는 우리들 가슴속에 지워지지 않는 그리움이다.

어린 나이에 가난을 의식한다는 것은 불행한 일일 수도 있다. 수학여행을 간다고 아이들이 들떠서 교실 여기저기 흩어져 낄낄거릴 때도 나는 그 애들과 전혀 다른, 마치 나이도 다르고 생각도 다른, 애 어른이었다. 그렇다고 수학여행을 못가는 것에 대해 어머니나 아버지에게 불만도 없었다. '왜 학교에 안 가니?' 하고 어머니가 물으시면, '학교에서 수학여행 간대.' 이렇게 남 얘기 하듯이 대답하곤 했다.

내겐 앨범도 없다. 양쪽 눈이 광대뼈와 눈두덩 뼈 사이에 깊이 박혀 있어, 언뜻 보면 아무런 표정이 없는 얼굴, 대화가 단절된 흑백의 얼굴을 한, 깡마른 소년을 내 친구의 집에서, 어른이 된 후에, 앨범을 뒤져서 본 적이 있다. 그날 이후 나는 두 번 다시 그 친구의 집에 간 적도 없지만, 그 앨범 속 깡마른 소년의 얼굴을 보고 싶지도 않았다. 가을만 되면 영양실

조로 감기를 앓았던, 그 가엾은 얼굴을 보고 싶지 않았기 때문이다.

아버지의 게으름과 무능함은 내게 있어서는 반면교사로써 기준이 되었다. 아버지는 술을 드시고 늦게 들어오시면, 아이들을 깨우고, 실현될 수도 없는 희망을 약속하시다가 이튿날 아침엔 늦도록 주무셨다. 나도 어른이 되었을 때, 직업상 술 마시고 늦게 돌아오는 날이 많았다. 그럴 때마다 조용히 들어와 자고 아침 일찍 일어나는 것이 나의 엄격한 계율이 되었다. 과음을 한 다음 날엔 오히려 더 일찍 회사에 출근해서 열심히 일을 했다. 아버지가 내게 남겨주신 가난이 없었더라면 나는 그처럼 열심히 일을 하지 않았을 것이다. 그 당시 연말이 되면 4대 일간지에 대기업 승진 인사가 떴는데 아내는 몇 번이나 친구들에게서 축하 인사를 받으며 행복해 하곤 했다.

천안에서 출발한 승용차는 눈발이 너무 심해서 기어가다시피 했다. 오랫동안 생각하지 못했던 아버지와의 추억들을 상기하면서 눈물이 흐르기 시작했는데 마치 창가에 휘날리는 눈발만큼이나 굵게 흘러내리기 시작했다. 하사관 학교에 면회 오신 날 아버지 앞에서 삼립 빵 열 개를 먹어치웠던 기억, 일본에서 폐결핵을 얻어 한국으로 돌아왔을 때, 보신탕을 사주셨던 아버지의 얼굴을 떠올리며 나는 끝내 오열을 참아내지 못했다. 와이퍼가 유리창을 훔치는 소리, 쌓인 눈을 차 바퀴가 밟아내는 소리 등으로 시끄러워서 그랬는지, 기사는 영문을 모른 채 차를 운전하는데 열중이었다.

30분 늦게 도착해 잠시 교육장실에서 차를 마시며 이런저런 이야기를 나누다가 교육청 강당으로 안내를 받아 들어갔는데 학생들은 보이지 않고 선생님들과 장학사 몇 분이 모여 있었다. 방학 중이라 학생들은 참석하지 못했다는 것이다. 안주머니에 넣어둔, 회사에서 준비한 의례적인 인사말을 읽을 수밖에 없었다. 차나 한 잔 더 하자고 권하기에 교육장실에 들렀더니, 교육장은 내게 학생들이 참석하기를 꺼려한다고 귀띔을 해 주었다. 형편이 어려워 교복을 얻어 입는다고 생각한다면, 어린 마음에도 그 자리에 앉아있고 싶었겠는가? 나는 그 마음을 잘 알 것 같았다.

돌아오는 길에도 눈은 계속 내렸다. 나는 아버지께 진심으로 생전의 불효를 사죄 드렸다. 어려서는 가난이 아버지 탓이라고 불평을 했던 나의 철없음과, 어른이 되어서는 아버지를 반면교사로 삼았던 불경스러움, 출세해서는 친구 부탁이라고 몇 장인가 이력서를 내게 주셨는데, 책상 속에 넣어둔 채로 아버지를 까맣게 잊고 있었던 불효막심한 일들. 그 죄책감들을 감당할 수 없어, 회한悔恨으로 가득 찬 눈물이 쏟아지는 것을 걷잡을 수 없었다. 흐르는 눈물을 손등으로 닦으며 문득 송강 정철의 「훈민가」 몇 구절이 떠올랐다. "어버이 살아신 제 섬길 일란 다 하여라. 지나간 후면 애닯다 어이 하리. 평생에 고쳐 못할 일이 이뿐인가 하노라."

윤문순

산비탈 모나고 거친 돌덩이 하나가 오랜 시간 부딪히고 부서져
작은 조약돌이 되어 파도와 함께 맑은 소리로 음악을 만든다
나도 그렇게 오랜 시간 갈고 닦아 지금 이 자리에서
삶의 노래를 부른다

시

정선 오일장
등
산에 오르다
이팝나무
자작나무 숲

약력

대전 출생. 2020 계간 『문파』 시 부문 신인상 당선 등단. 시계문학회 회원, 문파문학회 회원. 저서 : 공저 『살아있는 아름다움의 덧없음』 외 4권.

정선 오일장

시장 골목 한 귀퉁이 차가운 바닥
쉴 새 없이 움직이는 칼날에
더덕이 하얀 속살을 드러내고 있다

서리 내린 머리 좁은 어깨에 굽어진 등
거뭇거뭇해진 손등엔 주름이 가득하고
손톱 밑은 까맣게 물들어 가뭄의 논바닥처럼 갈라지고 있다

어느 산중을 헤집고 다니며 하나하나 뜯어온 산나물
좌판에 가득 쌓여 오후의 햇살에 시들어 가고
무심히 지나치는 손님을 부르는 소리가 공허하다

봄이면 보따리 머리에 이고 시장으로 향하시던 어머니
초승달 등불 삼아 긴 그림자 밟으며
힘없이 걸어오시던 모습이 떠올라 마음이 먹먹해지고
멈춰선 발걸음 양손에 검은 봉지 한가득이다

손끝에서 시작한 봄의 향기
입안에 가득 퍼진 그리움이다

등

보이지 않는다 만질 수도 없다
너무 멀다

고단했던 젊은 날 살아온 삶의 무게
켜켜이 쌓여 무겁다
혼자 견뎌내고자 애쓰던 시간들이
나를 지치게 했다

밤이면 찾아오는 저릿한 통증
다가오는 아픔에 힘들다

뿌연 안개 흐릿한 거울 속
닦아도 닦아지지 않는 물방울을
닿지 않는 손으로 토닥토닥하다가
너의 손을 빌려 장미의 향기를 보낸다

'수고했다' 말해 본다

산에 오르다

겨우내 말라 버린 낙엽
작은 바람의 손짓에 바스락거린다

숨은 턱 밑에 붙어 가슴이 터질 듯 차오르고
콧잔등에 맺힌 땀이 등줄기에 흐르면
계곡물 손에 잡아 골짜기를 날아온 바람
뺨을 스치고 지나간다

자꾸만 굽어지는 허리의 겸손함
모래주머니처럼 무거워진 다리로
한 발 한 발 내디뎌 오르다 보면
어느새 탁 트인 세상이 펼쳐진다

푸른 하늘에 구름이 흐르고
햇살은 흔들리며 은빛 비늘을 만들고
이름 모를 산새들의 노랫소리 정겹다

끝날 것 같지 않았던 산등성이
한 굽이 한 굽이 걸어온 발걸음
시간이 쌓여 이 자리에 서 있다

발로 만든 세상
손끝에 닿은 커다란 행복

이팝나무

은하수 별무리 초록 나뭇잎 위로
눈송이 뿌려 놓은 듯 내려앉아

불빛 보이지 않는 어두운 거리
가지마다 꼬마전구 가득 달고
나란히 서서 행진하는 꽃등

하얀 별빛 눈 맞추고
서로의 어깨 보듬어 안아주며
까만 어둠을 밀어낸다

자작나무 숲

눈 위에 무거운 옷 벗어내고
비쳐 드는 겨울 햇살에
하얀 속살 부끄러워 수줍게 눈을 감고

우뚝 선 다리 가녀린 가지 사이로
홀로 남아 지키던 가지 끝 마지막 잎새
바람에 날려 눈밭에 사뿐히 내려앉는다

눈을 반쯤 감고 올려다본 하늘
시리도록 아름답게 펼쳐진 파란 바다
넘실대는 파도 헤엄치는 은빛 구름이 흐른다

눈을 감으면 얼굴에 부드럽게 다가오는 햇살
바람에 흔들리며 부딪치는 나뭇가지 소리만이
고요한 숲의 정적을 흔든다

새로운 삶을 꽃피우기 위해
소리 없이 준비하는 기나긴 침묵의 시간
겨울 숲의 여행이다

김미자

누군가 말하길,

수필은 길 가장자리에서 길 가는 이들을 쳐다보기, 해찰 부리기, 한눈팔기라고 했고,

피천득 님은 수필을 청춘의 글이 아니고 서른여섯 살 중년의 고개를 넘어선 사람이 쓰는 글이라고 했다.

나는 왜 수필을 쓸까?

이미 청춘이 아니고 서른여섯 살 중년 고개를 넘은 지 오래이니 주변 사람을 쳐다보고 참견하고 한눈팔기하고 싶어서라고 하면 되지 않을까.

수필

약력

2022 계간 『문파』 수필 부문 신인상으로 등단. 문파문학회 회원, 시계문학회 회원.

고추장

시어머니는 음식 만드는 일을 참 즐기셨다. 그중에서도 특히 고추장 담그는 솜씨가 유난히 좋아서 이맘때쯤이면 언제나 많은 양의 고추장을 담그시던 게 생각난다. 시댁과는 같은 도시, 30분 정도의 거리에 살았는데, 음력 2월 중순쯤 시부의 기일에 가게 되면 어김없이 1년 먹을 양의 고추장이 기다리고 있었다. 거의 20년이나 변함없이 둘째 며느리인 나를 챙겨주셨으나 언제부터인가 배웅하며 골목까지 나오셔서 슬그머니 차에 실어주는 모습이 불편해 보이기 시작했다.

경제력이 없던 시어머니가 결혼해서 따로 사는 자식들 된장, 고추장 등을 챙기는 일로 같이 사는 맏며느리의 눈치를 보는 것임을 알게 되었다. 그 이후 고추장 담그는 때가 되면 우리 집으로 며칠 모시고 와서 시어머니의 취미 생활도 되고 자식들에게 주는 기쁨도 계속 누리게 해 드렸다. 우리 집에서 시어머니만의 특별한 고추장 담그는 비법을 배우고자 한 것은 나대로의 사정이 있었다. 결혼하여 가까운 곳에 살고 있던 여동생들이 내가 시어머니에게서 갖다 먹는 고추장에 눈독을 들이고 어김없이 때를 맞춰 빈 통을 들고 나타난다. 사정을 알 길 없던 시어머니가 처음엔 우리 세 식구 먹을 만큼의 양을 주셨으나, 그 사연을 아시곤 내 몫으로 준비하는 고추장 항아리를 점차 큰 것으로 마련해 주시니 민망하고 죄송했다.

친정어머니로 말하자면 평생 바깥일을 하셨지만, 음식 솜씨가 남에게 흉잡힐 정도는 아니었고 몇 가지 잘하시는 일품요리도 있다. 당신 생각으론 약간의 자부심도 있었다. 매사 남에게 지기 싫어하는 성품의 친정 어머니로서는 사돈에게 밀리는 고추장 맛 때문에 스트레스가 이만저만 아니었던 것 같다. 유독 고추장 담그는 일에 온갖 공을 들이곤 했으나 언제나 사돈 고추장만 맛있다고 호들갑 떨던 딸들은 친정에서 공수된 고추장을 천덕꾸러기로 만들곤 했다. 두 분 어머니의 고추장 담는 경쟁은 몇 년 계속되다가 결과적으로 친정어머니의 기권패로 마무리되었다.

엿기름 삭힌 물에 고춧가루, 찹쌀, 소금, 메줏가루를 넣어 버무린 고추장이 얼핏 봐선 비슷한 재료에 비슷한 과정을 거치는데 왜 맛의 차이가 나는지 아무리 생각해도 원인을 알 수 없었다. 시어머니의 고추장은 되직하거나 묽지도 않고 달지 않으면서도 감칠맛은 기가 막혔다. 시집와서 보니 식구들이 모두 비빔밥을 좋아했는데 시어머니 고추장 맛에 그 까닭이 있나 싶기도 했다.

처음 결혼한다고 인사드리러 갔을 때 모든 사람이 냉면 그릇 같은 큰 대접에 밥을 퍼서 일제히 비벼대고, 나만 따로 공깃밥을 줘서 조금 당황했었다. 나중에 남편이 설명하기를 대식구 살림을 하시는 형수의 설거지를 줄여주려고 하다 보니, 밥그릇을 생략하고 바로 비빔밥으로 먹게 되었노라고 했다. 국 따로, 밥 따로 잘 비벼 먹거나 말아 먹지 않던 나로서는 낯선 풍경이었다. 갓 지은 따끈한 밥에 갖가지 채소를 넣고 고추장을 넣고 비비는 것은 우리 시댁에서 늘 보게 되는 흔한 일이었다. 누구의 생일이거나 가족이 모이는 때는 회덮밥이나 회무침, 어쨌든 고추장이 들어가는 음식이 참 많았다. 처음에 조금은 비웃는 투로 격식 없다고 흉봤으나 어느 때부터 나도 그들과 같이 열심히 비비고 있었으니 인생에서 큰소리칠 일은 아무것도 없는 것 같다.

시아버님이 한때 밖으로 한눈을 팔아 작은댁을 두시고 두 가정을 거느리게 된 모양이다. 다른 계절엔 작은어머니네 집에서 기거하는 때가 많았지만 여름철엔 시어머니의 밥상을 즐겨 드셨다고 한다. 자식들은 아버지가 여름철이면 유난히도 보리밥에 열무김치, 고추장, 참기름 한 방울 넣어 비벼 드시는 걸 좋아했기 때문이라고 짓궂은 뒷담화를 하기도 했다. 작은어머니도 내 친정어머니처럼 시어머니의 고추장 담그는 실력을 따라잡을 수가 없었다는 건지.

인심 좋은 시어머니가 여기저기 온갖 사람들에게 아끼지 않고 퍼 돌리는 고추장인데 유독 작은댁에게는 주지 않았다고 한다. 남편 빼앗긴 여인의 귀여운 심술이었을까? 고추장 말고, 다른 건 별로 싫은 내색 없이 나눠 주곤 했다는 얘기가 있는 걸 봐선 내 추리가 맞을 수도 있겠다. 그깟 고추장이 뭐라고 그랬나 우습기도 하다.

세월이 많이 흐르고 이제 우리 시집 식구들도 예전만큼 그렇게 비벼 먹는 걸 즐기지 않는다. 시아버지도 시어머니도 다 저세상 사람이 되었다. 어느 때 들러본 큰댁 형님이 시판 고추장을 꺼내 보이시며 아이들이 떡볶이를 해달라고 해서 종종 사게 되는데 맛이 괜찮다고 한다. 그래서 이제는 고생스럽게 고추장을 담그지 않는다고 했다. 그 말을 듣고 나니 여전히 봄이 되면 고추장을 담그는 내가 미련한 건지 이런저런 생각에 조금 혼란스러웠다. 하긴 내 며느리도 고추장을 한번 가지고 가면 더 달라고 한 적이 없다. 작은 그릇에 담아주는데도 말이다. 최근 몇 년간은 사실 우리 집에서 소비한 것보다 여기저기 퍼 돌린 게 더 많은 것 같다. 주변 사람들이 맛있네, 어쩌네 하면 그 말에 신나게 나눠 주곤 했다.

먹을거리가 풍족하지 않았을 때 거르지 않고 장만해서 사계절의 우리

식탁을 맛깔나게 채워주었던 양념의 한 종류인 고추장. 먹을 식구들도 별로 없고 나 자신도 그전같이 많이 먹지 않는데 시어머니와 함께 고추장을 담그던 계절이 오면 이런저런 재료를 사들인다. 올해는 고추장 담그는 일을 하지 않으리라 마음먹고 있다가도, 결국은 해야만 마음이 편해지니 언제쯤 이런 나의 마음에 변화가 생길까? 고추장은 단순히 하나의 양념이 아니고 부족한 며느리를 따뜻하게 품어주시고 넘치는 사랑을 주신 시어머니와 나만의 놓고 싶지 않은 소중한 추억인 것 같다. 언제나 후덕하고 푸근한 웃음으로 대해주시던 시어머니가 그립다. 올해도 아마 어김없이 고추장을 담그고 맛있다고 하는 이들에게 나눠주는 일을 하게 될 것이다. 고추장을 담그는 그때만이라도 시어머니와 둘만이 공유했던 놓고 싶지 않은 사연을 떠올리며, 눈물 한 방울 떨구어 보고 싶다. 시어머니가 많이 보고 싶은 계절이 돌아왔다.

꽃다발

평생 살면서 축하받는 자리에서 꽃다발을 받는 일이 얼마나 될까? 물론 인기인이거나 유명인들은 예외로 한다. 평범한 사람들이라도 사정에 따라서 기회가 많을 수가 있겠으나, 나 같은 경우는 몇 차례 되지 않는다. 얼마 전에 분에 넘치는 꽃다발을 한 아름 품에 안게 되었다. 실로 오랜만에 꽃 잔치의 중심에 있었다. 내가 참가하게 된 행사에서 생각보다 많은 꽃다발을 받게 되었다. 사전에 상의가 없었던지 친구 여러 명이 제각기 꽃을 들고 축하하러 왔다. 주최 측에서도 꽃을 준비해 주었기에 그날 내게 안긴 꽃다발이 너무도 풍성하고 아름답게 만발했다.

생일이나 무슨 기념일에 꽃다발을 받을 수 있었을 텐데 왜 그렇게 오랜만이라고 느끼는지는 그럴 만한 이유가 있다. 성장기에나, 학창 시절에 남 앞에 나서는 일이 거의 없었기에 주인공이 되어 꽃다발을 받아 본 기억이 없음은 물론이다. 입학식이나 졸업식, 프러포즈를 받을 때도 그 시절엔 그랬는지 내 남편이 무심했는지 모르나 꽃을 받지는 못했다. 결정적으로 꽃다발과 멀어진 것은 결혼하고 몇 해 되지 않았던, 생각해 보면 철없고 무모했던 젊은 시절에 있었던 일 때문이다.

한겨울이 생일인 내가 꽃바구니를 받았던 날인데 그날 남편과 한바탕 싸움을 하게 되었고 그 이후 나는 두 번 다시 남편으로부터 꽃을 받을 수 없었다. 겨울철이라 해가 늦게 뜨는 계절이고 주위가 조용하고 눈까지 내린 몹시 춥고 차가운 새벽이었다. 정적을 깨고 울리는 요란한 초인종 소리에 놀라 나가보니 문 앞에 엄청난 꽃이, 다발이 아닌 바구니에 담긴 갖가지 색의 장미와 샴페인, 케이크까지, 어둠 속에 화려한 물건들이 아파트 복도에 놓여있었다. 꽃바구니에 꽂혀 있는 카드를 펼쳐보니 보낸 사람이 남편이었다. 자고 있던 남편을 깨워서 어떻게 된 거냐고 물었다.

신용카드 회사에서 사무실로 전화해 며칠 후 사모님 생일인데 꽃 선물하시라며 권했고, 잘 거절하지 못하는 남편이 그러라고 한 모양이다. 카드 회사의 마케팅 전략에 넘어가서 과도한 금액의 선물을 한 남편을 이해할 수 없었다. 당시 말단 공무원이었던 남편의 봉급으로는 넘치는 생일 이벤트였고, 나는 결코 꽃바구니 샴페인 케이크 따위의 선물을 원한 적이 없었다. 퇴근길에 장미 한 송이나 소박한 동네 빵집의 케이크면 족하지 무슨 유명 호텔의 케이크가 어울리기나 한 상황인지. 초인종 소리에 놀라 일어난 아들이 심상치 않은 우리 부부의 분위기에 울기 시작했고, 한겨울 조용하던 아파트는 소란스럽고 불편한 새벽이 밝아 오고 있었다.

생각해 보면 남편도 나도 철없었던 시절이었다. 육아로 힘들 때이기도 했고 결혼 전에는 모르던 경제적인 궁핍에 마음의 여유가 없기도 했다. 쓸데없는 짓을 했다고, 당신 봉급이 얼마인데 이런 어이없는 소비를 했냐고 따졌다. 대판 싸우고 보따리 싸서 친정으로 갔고, 남편이 데리러 오려니 하고 주말까지 버티어 보려고 했으나 뜻대로 되지는 않았다. 엄마가 사위와 싸우고 온 딸을 하룻밤만 재우고 돌려세우며 한 말을 지금도 잊지 않고 있다. 다음 달에 날아올 카드 결제 금액을 어떻게 해결할지 모르겠다는 나에게 농담 반 진담 반, 평생 남편에게 꽃 한 송이 받아 보지 못한 어미를 보라며 부럽기만 하다고, 쉽게 누릴 호사가 아니니 행복하게 생각하라고 했다. 그 말에 별수 없이 집으로 돌아갔으나, 남편을 이해

하거나 화가 풀린 건 아니었다.

돈 버는 재주는 없으면서 낭비와 소비가 지나치다고, 수입에 맞는 지출을 하라고 잘난 듯 지적한 뒤 친정으로 간 아내가 예상 외로 하루 만에 돌아오니 조금 놀란 듯한 남편. 이후 우리는 그날 다투었던 것에 대해 어떤 얘기도 하지 않았다. 나는 결혼기념일이나 생일에 꽃은 받지 못하고, 그때그때 남편의 주머니 사정에 따라 달라지는 약간의 금일봉으로 만족하는, 꽃을 사주면 절대 안 되는 사람으로 인식되어 살아왔다. 물론 어느 때부터 분재를 배우며 뿌리가 있는 꽃을 가까이한 것이 꽃다발과 멀어진 하나의 이유가 되었을 수는 있겠다.

분재원에 다니면서 분盆에 뿌리가 있는 꽃을 심고 키우다 보니 꺾어온 화초를 사는 건 드문 일이 되었다. 꽃다발이나 꽃바구니는 일정 기간이 지나면 시들어서 버려야 한다. 다발째 거꾸로 매달아서 말리기도 하지만 차츰 그런 것이 번거롭고 무의미하게 느껴졌다. 차라리 삽목으로 뿌리내려 정성껏 키우는 쪽을 선호한다. 아들이 장성하면서 유치원이나 학교에서 종이로 만든 카네이션을 만들어주기는 했다. 신기한 건 아들도 남편을 보고 배운 건지 꽃 선물은 별로 안 한 것 같다.

행사 후 내가 받은 꽃다발을 집으로 가지고 왔다. 차를 갖고 온 친구들에게 나눠주고도 엄청난 부피의 꽃, 일단은 리본을 풀고 한 무더기로 만들었다. 마땅하게 꽂을 화병이 없어서 김치통에 가지런히 담아서 세우고 물을 부었다. 닷새 정도 지나니 시들기 시작하는 꽃은 매일 물을 갈아주어도 하루하루 화려했던 자태가 추레하게 변한다. 안타까운 마음으로 들여다보는데 어떤 꽃은 활짝 피지도 않고 봉우리인 채 시들어간다. 며칠 전에는 보기에도 아까울 만큼 아름답고 곱던 꽃송이가 볼품없이 변해가는 걸 보니, 하염없이 서글픈 마음이 들면서 짧은 생이 아쉽기도 했다.

수명을 다한 꽃을 버리려고 가위와 쓰레기봉투를 앞에 두고 깊은 상념에 잠긴다. 남은 인생에 몇 번이나 더 꽃 무더기에 쌓일 기회가 있을지 몰라서 가위에 잘려 나가는 꽃송이가 애틋하다. 시들은 꽃잎에 뚝 떨어지는 눈물 한 방울. 남편과 풀지 못한 꽃바구니에 대한 회한悔恨으로 아프다. 남편은 누구에게도 싫은 소리 못 하고 웬만한 일은 양보하는 물러터진 우유부단한 사람이었다. 그런 사람이 평생을 가지고 있던 그해 겨울 새벽에 대한 생각은 어떤 것이었는지. 얼마나 속이 상했으면 두 번 다시 꽃 한 송이 사 들고 오지 않았을까? 사과도 하지 못한 채 떠나보낸 내 옹졸한 소갈머리가 부끄럽다. 만용과 허세를 부려서라도 아내를 기쁘게 해주고 싶었던 젊은 날의 남편이 그리워서 쉽게 눈물이 그치지 않았다.

겨울철이라서 그랬는지 베란다 온도가 맞아서 그랬는지 모르나 분란을 일으킨 꽃바구니 장미가 꽤 오래 피어있었던 게 기억난다. 젊은 남편의 자존심을 무참하게 무시하고 일부러 베란다 한쪽에 던져두고 홀대했던 그날의 장미 다발, 왜 그렇게까지 했었는지 지금 생각하면 후회스럽다. 나를 위해 오직 내 마음에 기쁨을 주기 위한 꽃다발인데 단지 그것만으로 행복하게 품에 안았으면 좋았으련만, 아무리 후회해도 돌이킬 수 없음에 마음이 아프다. 화려하게 피어 즐거움과 아름다움을 준 꽃이 제 소임을 다하고 싹둑, 가위에 잘려서 쓰레기통으로 사라진다. 쓰라린 젊은 시절의 추억도 함께.

나이 탓

최근 들어 스스로 이해할 수 없는 황당한 일들을 겪고 있다. 그 시점이 언제부터였는지 정확하게 알 수는 없으나 차츰 잦아지는 것으로 보아 심각하게 생각할 때가 된 것 같다. 주위에서 갑자기 건망증이 심해졌다거나 정신이 흐려진 것을 두고 걱정하는 소릴 들을 때는 남의 일이려니 하고 별 신경을 쓰지 않았다. 또래 사람들과 비교해서 정신이 맑고 인지능력도 괜찮다고 자신했던 터라 작금의 일들이 어이없고 당황스럽다. 단지 나이 탓이라고 돌리고 말면 되는 걸까?

얼마 전에 마트에 갈 일이 있어 차를 몰고 나섰다. 작은 길 하나를 사이에 두고 마트 앞에서 정지 신호에 막혀 서게 되었다. 앞에 다른 차는 없었고 맨 앞에 정차한 것인데 잠깐 딴생각을 하고 있었던 것 같다. 초록색으로 바뀐 신호를 보고 무심코 진행을 하였다. 평소 차량 통행이 적고 한적한 곳인데 입구와 출구가 나란히 있는 마트 주차장은 늘 다니던 곳으로 너무나 익숙한 곳이다. 진입해서 잠깐 사이 뭔가 이상한 것을 감지하는 순간, 갑자기 울리는 경적 소리에 놀라 차를 멈췄다. 황당하게도 입구 아닌 출구로 냅다 들어간 것이다.

운전을 오래 해왔고 아직은 할 만하다고 생각하고 있었는데 입구와 출구를 분간치 못하고 큰 실수를 한 것이다. 스스로 부끄럽고 나를 아는 누군가에게 들킬까 봐 조마조마하고, 지금까지 누구에게도 털어놓지 못했다. 다행스럽게 꺾어지는 지점에 주차료 정산하는 시설물 앞에 멈춘 맞은편 차가 경고의 경적을 울리는 덕분에 사고는 면했다. 이후의 일어난 상황은 떠올리기도 싫고 한 달여가 지난 지금도 그때를 생각하면 숨이 가빠지고 얼굴이 붉어진다.

너무나 익숙하게 알고 있던 사람들의 이름이 갑자기 생각나지 않거나, 전에 봤던 드라마를 다시 보면서 처음 보는 것처럼 내용이 생소하니 어이없고 기가 막힐 뿐이다. 어느새 치매를 걱정할 나이가 되었나 싶은데, 요즘 나보다 젊은 사람들도 치매 진단을 받는다고 하니 아주 이상한 일이 아닐지도 모르겠다. 주차장 역주행 사건 이후 한결 조심하면서 운전에 임하고 있다. 운전 잘한다는 자랑은 하면 안 된다는 교훈을 명심하려고 한다. 가끔 '어르신 운전'이라고 뒤꽁무니에 달고 다니는 차를 본다. 나도 붙이고 나와야 하나 심각하게 생각하다가 '아직은 아니다' 하고 혼자 피식 웃기도 하지만, 머지않아 그런 날을 맞을 수도 있을 것 같다.

요즘 친구들과의 대화에서 빠지지 않고 등장하는 것이 각자 겪은 실수에 관한 얘기들이다. 그중 최고의 경험담은 단연 S가 고백한 실수일 것 같다. 요즘 대형슈퍼는 계산원이 있는 출구 말고 소비자가 직접 결제를 하고 나오는 통로가 있다. 몇 번 시도 하려다가 번번이 자동화 계산기를 외면한 것은 익숙하지 않은 것에 대한 두려움 때문이었단다. 그날 처음으로 새로운 시스템으로 계산을 한 S는, '뭐 별거 아니네' 하면서 흐뭇한 마음으로 주차장으로 갔다고 한다.

트렁크를 열어 사 온 물건을 옮기려고 보니 빈 카트가 눈에 들어왔고 깜짝 놀라 되돌아가 놓고 온 것을 찾아왔다는 얘기다. 왼쪽에서 물건을 집어 들어 바코드를 찍고 오른쪽 공간에 두었다가 카트에 담아 와야 하는데, 긴장해서인지 결제하고 신용카드만 빼서 빈 카트를 밀고 나왔던 모양이다. S의 얘기가 끝나고 모여있던 친구들 대부분 비슷한 일을 한

적이 있다고 고백했으니 누구 하나만 겪는 일은 아닌 모양이다.

언제부터인가 동시에 두 가지 일을 하는 게 어렵게 되었다. 젊었을 때는 내비게이션 없이도 친구들과 왁자지껄 수다를 떨면서 목적지를 잘도 찾아갔었다. 지금은 기계가 안내해도 정신을 바짝 차려 집중하지 않으면 목적지를 지나치기 일쑤이다. 친구와 대화 중 누군가를 끌어올 때 그 이름이 생각나지 않아 '있잖아'를 반복하면 상대방인 친구는 '계속해 봐. 나도 지금 이름이 생각나지 않는데 누구를 말하는지는 알겠어.' 한다. 둘 다 얼른 떠오르지 않는 이름이 답답하지만 두리뭉실하게 대화를 이어간다. 우리는 비슷하게 노화되어가고 같은 속도로 둔감해지는 것에 공감하며 안도하기도 한다.

구순을 넘긴 친정 엄마는 어떤 면에선 딸인 나보다 훨씬 정신이 명료한 것 같다. 조금도 흐트러짐 없는 매무새는 물론이고 규칙적인 식사에 늘 운동을 게을리하지 않는다. 일제강점기에 여고를 다닌 엄마는 아직도 일본말을 잘 구사하고 한자漢字 실력도 수준 이상이다. 지금의 내 나이 때의 엄마는 교사 경력을 살려 노인정에서 아이들에게 한자를 가르치기도 했다. 딸인 나는 그런 엄마에 비해 여러모로 어리바리하다.

얼마 전 아들을 대신해서 새로 태어난 손주 이름을 지으러 유명하다는 작명소에 갔다. 아이의 부모 이름을 한자로 적어야 하는데 갑자기 생각이 나지 않아서 당황했다. 핸드폰을 꺼내 슬쩍슬쩍 봐가며 겨우 썼지만, 아들 며느리의 이름을 한자로 적지 못해서 진땀을 흘렸으니 한심하다. 이러다가 고인이 된 남편 이름도 못 쓰는 건 아닐까? 집에 와서 남편의 이름을 한자로 써본다. 다행스럽게 아직은 잊어버리지 않았다.

올 초에 받은 종합검진에서는 별 이상이 없다고 한다. 오히려 생체나이는 실제 나이보다 몇 년 젊게 평가되었다. 치매 테스트에서 30점 만점에 28점이라고 하니 아직 그렇게 걱정할 일이 아닌데 최근에 나타나는 현상은 무엇으로 설명해야 할까. 단지 나이 탓이라고 하고 받아들이기에는 조금 서글프다. 친구들도 나와 비슷한 일들을 겪는다고 하니 이 나이에 흔히 나타나는 자연스러운 노화 과정이라고 인정해야 하는지.

아들에게 고민을 털어놓으니 할머니를 롤 모델Role Model로 삼으라고 한다. 그렇게 하면 앞으로 30년은 걱정 없을 거라고도 했다. 그게 말처럼 쉬운 일이 아니다. 엄마는 절대 과식하지 않고 매일 신문을 보며 하루도 산책을 거르지 않고 몸에 좋지 않다는 것은 하지 않는다. 게으르고 의지박약인 나는 그렇게 못 한다고 하니 '운동이나 섭식攝食 같은 거 별로 중요하지 않다, 체질은 부모와 비슷하며 타고난 DNA를 무시할 수 없으니 너무 걱정하지 말라'고 안심시킨다. 아들의 말에 조금 마음이 놓인다.

신체적인 결함으로 운동이 어렵다는 것을 핑계 삼아 아무것도 시도하지 않고 숨쉬기 운동만으로 평생을 살아왔다. 아들의 말처럼 DNA의 영향인지 다행스럽게도 별문제는 없으니 감사하고, 인생 황혼기에 접어든 지금이 어느 때보다 편안하다. 얼마 전 기다렸던 할머니가 되었다. 선물처럼 와준 손주와 같이 가는 세월을 살고 싶다. 이제부터 나는 한 살! 새 생명과 같은 숫자를 세며 나이 탓이란 말 하지 말고 노력해봐야겠다. 아침저녁 침대에서 스트레칭이라도 열심히 하면 친정엄마 비슷해지지 않을까, 나름의 희망을 품어 본다. 손주가 커가는 것을 건강한 할머니로 오래도록 지켜보며 행복한 노후를 즐기고 싶은 소망이 생겼다.

김선수

올해는 게으름에게 번번이 지거나,

여러 가지 상황에 붙들려

겨우겨우 썼다.

그 겨우겨우 쓰는 일이 그나마 꺼지지 않은 불씨였기를.

새해에는 타닥타닥 아니, 활활 타는 불을 피우고 싶다.

그 불길에 휩쓸려 춤을 추듯이 쓰고 싶다.

힘은 빼고 리듬은 즐기면서…

시

수필

약력

2021 계간 『문파』 시 부문 신인상으로 등단. 문파문학회 회원. 시계문학회 회원. 강남문화재단 계간지 『문화올림』 객원작가, 서울시 50플러스재단 홍보물 객원작가. 저서 : 공저 『살아있는 아름다움의 덧없음』 외 3권.

그해 여름 남해

정안 알밤 휴게소는 군밤이 맛있다 하고
산청의 쏘가리 매운탕 집은 60년이 다 돼간다 하고
사천 공항은 이리도 작구나 하면서
어머니가 보청기를 집에 두고 와
화난 사람들처럼 내내 소리를 지르며 서로 말했다

다리 불편한 노부모 모시고 가는 남해는
여러 번 쉬느라 까마득하게 멀었다
갈 수 있으려나 고개 젓는 부모님께 마지막 여행일 수 있으니
가시자 이끌었다
마지막이라는 말은 눈물 주머니 같아서 언제 들어도 터질 듯이
슬픈 말이었다

아버지처럼 넉넉하게 다도해를 품은 금산을 보고
어머니 머리카락처럼 새하얀 상주은모래해변을
사위어 가느라 가볍고도 느린 몸을 부축하며
어렵사리 걸었다

파도 소리에 묻히고 모래바람에 풍화된 웃음들 떠난 후
거기 다녀간 기억만 남아

부모님 안 계신 어느 날에
홀로 주저앉아 한참씩 울고 돌아올 곳 남겨두느라
가슴속에 아득히 먼 바닷가 하나 새기고 왔다

그해 여름 남해

초보 시인의 하루

통영에 산다는 어느 시인이
사재를 털어 초보 시인을 위한 시 쓰는 법을 책으로 냈다
책이 잘 안 팔려 이천 원을 할인해서 팔았다
그 책을 읽고 나면 초보 딱지를 뗄 수 있을까
초보 운전자처럼 이마에 딱지를 붙이고 다닐 수도 없는
초보 시인은 아무도 모르게 책을 주문했다
보내온 책 봉투는 투명 테이프 때문에 눈이 부셨다
비에 젖지 말라고 종이봉투를 정성껏 투명 테이프로 꽁꽁 싸매서
우체국에 가져가 책을 부쳤을 시인은
어쩐지 자전거를 타고 다닐 것만 같다
자동차는 없어도 자전거는 있을 것 같은 시인의
방 한쪽에 쌓여 있을 팔리지 않는 책들과
책 한 권 부치러 자전거를 타고 우체국에 가는 일이
하루 중 가장 중요한 일일 것 같은 시인을 상상하는 초보 시인은
시가 잘 안 써져서가 아니라
초보 딱지를 뗄 만큼 시를 계속 쓸지 말지의 문제로 고민에 빠졌다
그래도 은빛 바퀴의 자전거를 타고
푸른 바닷가를 지나
빨간 우체통이 있는 우체국에 가는
하얀 셔츠를 입은 시인을 그려보니

어느새 마음속에 무지개가 피어났다
결국 초보 시인은 초보 시인을 위한 시 쓰는 법을 읽으며
초보 딱지가 떨어질 때까지, 그 후로도 내내,
시를 쓰기로 결심했다

비 그친 산길

비 그친 산길에
앞서 다녀간 발자욱을 밟으면
말없이 따라오듯 신발에 진흙이 들러붙는다

가난과 병마와 쉽사리 채워지지 않는 마음의 허기
들러붙음의 지긋지긋함은
지그시 밟으라 있는 것인가

마른 흙을 털어낼 때의
개운함을 겪어본 이는
젖은 길도 기꺼이 성큼성큼 걷는다

지나가야 하는 일은 지나가느라

허옇게 마른 눈물의 소금기처럼
햇빛에 낱낱이 드러내야만
마침내 말라서 떨어지는 것들

비탈지고 서늘한 수풀 길 끝에
바삭한 볕이 기지개 켜듯
지나온 길을 채우고 있다

배롱나무가 있는 풍경

서울이라 해도 변두리여서 그랬을까, 요즘처럼 대문을 꽁꽁 걸어 잠그는 시절에도 누군가를 기다리는 듯 대문을 늘 빼꼼히 열어놓은 집이 부모님 집이다. 철제 대문을 밀고 들어가면 계단 옆으로 한 평 남짓한 작은 마당이 나오는데 신기하게도 시멘트가 발라진 마당 한 귀퉁이 볕이 잘 드는 곳에 배롱나무 한 그루가 자리 잡고 있다. 어릴 적에 그 집으로 이사 오면서 부모님이 마당 바닥을 시멘트로 다 메꾸지 않고 한쪽을 흙으로 남겨두었다가 배롱나무를 심으신 기억이 난다. 어른이 되고 시집을 간 후에도 아버지의 낡은 자전거와 배롱나무가 나란히 서서 마당을 지키는 풍경은 변하지 않았다.

배롱나무는 원산지가 중국이며 부처꽃과의 낙엽소교목인데, 배롱나무의 껍질은 옅은 갈색으로 얇은 수피가 벗겨지면서 하얗고 매끈하게 보이는 꽃나무이다. 배롱나무는 충청도에서는 '간지럼나무'라 하고 제주도에서는 '저금 타는 낭'이라고 간지럼 타는 나무로 부른다. 나무가 매끈하니 만져보고 싶고 살살 어루만지면 간지러워서 잎들도 흔들린다는 생각에서 부르는 재미난 이름이라고 한다. 여름날 친정집 마당에 들어서면 배롱나무는 나지막한 가지마다 꽃등을 켜고 어서 오라는 듯 나를 반겼다. 소담스럽게 피어있는 꽃들을 보면서 편안하게 계신 부모님을 뵙듯 배시시 웃음이 번지고 신기하게 마음이 놓였다.

나무 백일홍이라고 부를 만큼 꽃이 피고 지기를 반복해 일 년 중 100여 일 동안을 꽃이 피어있는 배롱나무. 꽃을 좋아하는 어머니는 7월부터

늦가을까지 오랫동안 꽃을 볼 수 있다며 유난하다 싶을 정도로 그 나무를 아끼셨다. 과일 껍질이나 톱밥 등을 섞어 손수 만든 퇴비를 나무 주변에 묻어주고 며칠씩 가물어서 비가 오지 않으면 흡족할 때까지 물을 듬뿍 주었다. 날씨가 쌀쌀해지면 혹여 얼어 버릴까 겨울옷을 입히듯 쌀 포대나 천으로 나무를 정성스레 감쌌다. 아버지의 자전거가 배롱나무에 닿기라도 하는 날이면 어머니는 큰일이 난 것처럼 단박에 싫은 표정으로 자전거를 옮겨 세워 두시곤 했다. 마당 없는 다세대 집들이 다닥다닥 붙은 그 골목에서 유일하게 마당에 꽃피는 나무가 있었으니, 어머니에게는 예전 사대부집 연못가에 심었다는 배롱나무가 은근한 자랑거리였으며 숨통을 트이게 해주는 역할을 했던 것 같다.

어머니는 열여섯에 할아버지가 돌아가시면서 시골의 중학교만 겨우 마쳤다. 갑자기 가장이 된 외할머니의 농사일을 도우면서 밑으로 네 명의 동생들을 돌봐야 했다. 서울에서 대학을 나온 아버지를 만나 결혼하면서 좀 나아지려나 했던 고단한 삶은 시할머니와 홀시아버지, 과부가 된 손위 동서와 조카들까지 챙겨야 하는 더 고단한 삶으로 바뀌었을 뿐이었다. 서울에 올라와서는 공무원 남편의 박봉에 살림을 보태려고 시장에서 옷 장사도 하고 그야말로 인형 눈 붙이는 부업까지 하면서 우리 여섯 남매를 키워서 모두 대학까지 마치도록 했다.

고만고만한 아이 여섯을 데리고 셋방살이하기란 어지간히 집주인의 눈치도 보이고 힘드셨을 것이다. 여러 번의 이사와 갖은 고생 끝에 서울 땅에 내 집을 짓고 마당이 생겼으니 기념할 만도 했다. 시멘트로 마당을 메꾸던 인부들에게 잔치 국수를 새참으로 내시며, 볕이 가장 잘 드는 자리 한쪽은 비워두라고 당부했다. 새집으로 이사하자 묘목 시장에 가서

'부귀'란 꽃말을 가진 잘 생긴 배롱나무 한 그루부터 장만했다. 그렇게 친정집 마당 한쪽에 식구처럼 자리 잡게 된 게 지금의 배롱나무이고 그 나무는 해마다 꽃을 피우며 우리와 함께 자랐다. 마당 한쪽 흙의 기운을 받으며 자란 나무 한 그루가 가족에게 위안이 되고 집안의 자랑거리가 되어온 것이다.

배롱나무의 꽃이 필 무렵 어머니에게 전화를 하면 다른 안부보다 꽃 소식을 먼저 알려주었다. 분홍빛 팝콘처럼 꽃들이 활짝 피어서 바라보고 있으면 밥을 안 먹어도 배가 부르다고 우스갯소리도 하셨다. 아픈 무릎 때문에 계단을 오르내리며 물을 주기가 쉽지 않은데 비가 자주 안 온다며 걱정을 하시기도 했다. 배롱나무처럼 정성껏 키운 자식들이 모두 떠나고 두 분만 계신 지금은 어릴 적 자식들 대신 '재롱나무'가 되어주는 것 같았다. 어머니는 팔순이 넘은 데다 다리가 불편해져서 집에만 있는 시간이 많아졌다. 그나마 꽃이 피었다 지고 다시 피는 계절 동안에는 어머니께 눈 호강을 시켜주고 적적하지 않게 지내실 수 있으니 빈 둥지 같은 마음을 대신 채워주는 버팀목이 되는 듯도 하다.

도종환의 시 「배롱나무」에 씌어있는 '지루하고 먼 길을 갈 때면/ 으레 거기 서 있었고/ 지치도록 걸어오고도 한 고개/ 더 넘어야 할 때/ 고갯마루에 꽃그늘을 만들어 놓고/ 기다리기도 하고'의 시구처럼 내게 배롱나무는 어머니를 닮은 나무이다. 제 살을 벗겨내는 혹독함을 이기고서야 비로소 꽃을 피우는 배롱나무의 생명력처럼 강인하면서도, 매끄러운 자태와 고운 빛을 잃지 않기 때문이다. 비록 그간의 삶은 억척스러웠으나 부드럽고 맑은 심성과 조용조용한 말투는 세월이 흐른 지금도 변함이 없다.

차를 타고 남부지방을 지나다 우연히 가로수로 배롱나무를 줄지어 심어놓은 국도를 달리게 되었다. 어머니와 친정집의 배롱나무가 떠올라서 차를 달리는 내내 차창을 열고 바라보았다. 푸짐하게 피어있는 진분홍 꽃들이 눈앞에 다가서면 배롱나무 너머의 초록빛 논밭들이 배롱나무꽃에 밀려 양옆으로 비켜서는 것 같았다. 이제는 머리가 하얗게 세어져 서리꽃을 이고 있는 어머니에게 안긴 것처럼 푸근하고 반가웠다. 나와 형제들은 떠나고 배롱나무 한 그루만 남겨두고 온 것 같아 마음이 그 마당에 있는 날이 많았다. 지금 있는 나무 옆자리에 작은 배롱나무 묘목을 하나 더 심어드려야겠다는 생각이 들었다. 고즈넉한 집 마당에 어린 식구가 새로 들었다며 배롱나무꽃처럼 화사하게 웃고 있을 어머니 얼굴을 떠올리며 나도 따라 환하게 웃었다.

식물이 자라는 속도

커튼을 젖혀보니 눈부신 아침 햇살이 사방에 펼쳐져 있다. 창문을 열자 상쾌한 공기에 기분까지 좋아진다. 호숫가의 나무들은 지난봄보다 부쩍 자라서 늠름한 풍채가 성큼 가까워진 느낌이 든다. 이사 올 때 들여놓은 행운목에 물을 주다가 잎새 틈에 숨겨진 작은 싹을 들여다보았다. 새집증후군도 줄이고 공기정화 효과를 위해 사 왔던 화분인데, 우리 집에 올 때부터 곁가지에 새싹 하나가 붙어 있었다. 큰 이파리에 가려져 햇볕을 잘 못 쬐는지 이 년이 지났는데 크기가 늘 그대로인 것 같다. 자라는 걸 멈춘 건가 줄기 속에 무슨 문제가 생긴 건가 이리저리 살펴보아도 도무지 알 수가 없다. 이러다 자라지도 못하고 제풀에 똑 떨어져 버리는 건 아닌지 걱정이 되었다. 좀 더 자세히 들여다보니 그 조그만 싹은 볕이 드는 창가 쪽으로 기울어진 채 집에 왔던 첫날보다는 1밀리미터쯤 자란 것 같다. 나무 기둥에 붙어 겨우 숨만 쉬고 있는 줄 알았는데 햇빛을 좇아가며 꼬부라진 형태는 무엇보다 강렬한 삶의 욕구처럼 보인다.

작은 화분에 있던 미니 야자를 큰 화분에 옮겨 심었을 때도 그랬다. 뿌리가 다치지 않도록 미니 야자를 살살 꺼내고 흙과 비료를 보충했었다. 흙 위에 물이 잘 빠지는 관상용 돌을 놓고 잘 크기를 바라는 마음까지 얹어가며 다독였다. 이십 일이 넘도록 기다리면서 들여다보아도 새순이 나지 않아 덜컥 겁이 났다. 더 크게 키우려는 욕심 때문에 잘 자라던 나무를 공연히 옮겨 심어 저러다 죽는건 아닐까 염려가 되었다. 다행스럽게 며칠 지나자 아기 손톱처럼 작고 연하디연한 새순이 삐져나온 걸 발견

했다. 창가에 두고 물만 주었을 뿐인데 새순이 돋은 것이 자식의 첫 이를 만졌을 때처럼 신기하다. 더디게 자라나는 걸 기다리지 못하고 손으로 똑 떼어냈으면 어쩔 뻔했나 싶다.

농촌에서 나고 자랐다는 이웃이 집에 들렀다가 화분들을 보더니 말했다. 어릴 적에 고추든 상추든 모종을 밭에 옮겨 심으면 시들시들하게 엎어져 있다가도 며칠 지나 꼿꼿하게 일어서면서 잘 자랐다고 한다. 신기해서 어른들에게 왜 그런지 물어보면 흙냄새를 맡느라 그랬다고, 조금 있으면 뿌리와 흙이 더욱 친해질 거라고 가르쳐 줬다고 했다. 그 말이 반갑고 고마워서 고개를 끄덕일 수밖에 없었다. 그렇구나, 제 몸을 마음대로 움직일 수 없는 식물이 낯선 곳에 적응하려면 일정한 시간이 필요하구나. 식물에게는 물과 공기와 햇빛이 알맞은 자양분으로 합성이 되는 자기만의 속도가 있었다. 자양분이 뿌리 사이로 스며들어 흙이 식물을 단단히 잡아 주는 시간이 필요한 것이다.

손주들도 그렇다. 숫자 공부도 더딘 것 같고 한글 깨우치는 속도도 느린 것 같아 조바심을 낸 적이 있었다. 나도 모르게 다른 아이들과 비교하고 속으로 걱정하면서 뭘 더 가르쳐야 하나 학원을 보내야 하나 궁리를 했었다. 무엇을 좋아하고 무엇에 재능이 있는지 빨리 알아채지 않으면 큰일이 날 것처럼 이것저것 묻기도 했었다. 혼자만의 걱정에 비해 며칠 만에 만나면 어느새 키도 생각도 한 뼘씩 쑥쑥 자라있었다. 기다려주면 또래들과 놀면서 깨우치고 스스로도 흥미를 느껴서 저절로 배우게 된다는 것을 시간이 지나서야 알게 되었다. 생각의 나무도 가늠할 수 없을 만큼 자라서 상상도 못 했던 표현이나 행동을 할 때면 깜짝 놀라기도 했다. 아이를 키울 때도 그랬고 세대를 이어 손주를 키울 때도 더딘 속도에 전

전긍긍하고 애를 태우는 건 변함이 없는지 스스로 부끄러운 마음이 들었다.

식물학자 신혜우는 『식물학자의 노트』라는 책에서 식물이 강하다는 말은 힘이 세다는 의미가 아니라 자신이 처한 환경에 얼마나 잘 적응하는가를 뜻한다고 했다. 인간 또한 수많은 변화를 겪고, 새로운 환경에 놓이므로 두려움이 앞서는 경우도 생긴다고 했다. 그 글을 읽고 나니 아이들이 자라는 속도를 걱정할 것이 아니라 아이들에게 다가오는 수많은 변화에 잘 적응하고 견뎌낼 수 있는지를 먼저 살펴야 했다. 물 주듯이 햇빛 비추듯이 말없이 기다려주고 칭찬을 해주며 스스로 강해지도록 바라보는 것이 나의 몫이었다. 그럼에도 힘이 잔뜩 들어간 채 내가 원하는 방향으로 아이들이 자라게 하고 싶어서, 이리저리 옮겨보려 하지 않았나 뉘우침이 찾아온다.

손주들보다 먼저 자신의 나무부터 들여다보아야 했다. 마음이 통할 수 있는 깊은 생각의 뿌리를 튼실하게 키워내고 있는지 돌아봐야 했다. 아이들에게 나누어 줄 웃음과 사랑의 그늘을 무성하게 키워내 울창해지고 있는지도 스스로 물었어야 했다. 내면의 깊이는 자라지도 못한 키만 큰 어른이, 자신의 눈높이로 아이들을 내려다보니 제대로 볼 수 없었을 것이다. 무릎을 굽히고 아이들과 눈을 맞추며 작은 싹을 들여다보듯 커가는 모습을 지켜볼 일이다. 무더운 여름날 기운 없이 축 늘어져 있다가도 물을 주면 어느새 생생하게 일어서는 식물들을 떠올린다. 아이들의 어깨가 축 처져 있을 때 따뜻하게 토닥이면서 자신이 얼마나 소중한 사람인지 알려준다면 어느새 기운을 얻고 쑥쑥 자라나 꽃을 피우게 될 것이다. 햇살이 식물들과 상냥하게 속삭이는 겨울 아침에 행운목에 물 주다 말고 문득 생각에 빠진다. 식물이 자라는 속도를 받아들이고 묵묵히 응원하기로 한다.

조준호

어항 속의 작은 코이가 힘차게 흘러가는 큰 강을 사모하듯 글공부를 다시 시작하였습니다.

수필

약력

2016 계간 『푸른솔 문학』 수필 등단. 푸른솔문인협회 회원, 청솔문학회 회원., 시계문학회 회원.

아내의 신발

장마가 끝난 후 며칠간 장마에 가까운 비가 내리고 있다. "태풍 송다의 영향으로 장대비가 쏟아지고 있습니다." TV 일기예보 기상캐스터의 멘트다. 비를 표현하는 단어가 재미있다. 장대비라니. 내리는 빗줄기나 세기에 따라 지은 이름일 게다. 보슬비도 있고 이슬비라는 표현으로 비가 오는 정도를 짐작할 수 있다. 비는 우리 일상생활과 아주 밀접하게 관련되어 있어 절기에 따라 그리고 내리는 양에 따라 부르는 이름이 십수 개는 된다. 장대비가 내리는 날 아내가 친정에 다니러 갔다. 날씨에 맞추어 가는 것이 아니라 날짜에 맞추어 가야 해서 쏟아지는 비는 먼 길 떠나는 데 장애물이 되지 않는다. 빗길을 운전하는 어려움과 위험하다는 걱정은 나에게 맡겨두고 아내는 친정으로 향했다.

이튿날 하늘의 구름이 비로 떨구고 남은 수증기가 가벼운 구름이 되어 낮은 하늘에서 쉬고 있다. 비가 되어 내리기에는 힘이 들었나 보다. 하루 종일 흐리기만 하고 비는 내리지 않았다. 저녁 무렵 아내에게서 내일 일찍 올라가겠다는 간단한 문자가 왔다. 오늘도 하늘의 구름은 아직 비가 되지 못한 채 머물러 있다. 오후가 되자 이슬비로 시작한 빗줄기는 가랑비로 변하더니 이내 힘이 났는지 세찬 장대비가 쏟아지기 시작한다. 빗길에 운전하고 집으로 올라오는 아내가 걱정된다. 아내는 운전하는 것을 힘들거나 어려워하지 않는다. 위로가 되지만 걱정도 된다.

늦은 오후가 되어서야 아내가 도착했다. 현관에 들어서는 아내가 불편해 보인다. 저린 발로 걸을 때처럼 뒤뚱거리며 거실로 들어오며 바닥에

물기가 있어 미끄러졌다고 별거 아니라는 듯이 말한다. 자세히 보니 가볍게 미끄러진 것 같지가 않다. 발을 보여주는데 복숭아뼈 근처가 조그만 찐빵처럼 살포시 부풀어 있다. 무릎도 타박상 흔적이 있는 걸로 봐서 미끄러진 것이 아니라 벌렁 하고 꽈당 넘어진 것이다. 원인을 찾는다. 비가 온 것이 문제일까 미끄러운 바닥이 문제일까 아니면 조심하지 않은 것이 문제일까. 아니다 아내가 원인으로 삼은 것은 신발이었다.

아내는 신발이나 옷 같은 것에 관심이 없다. 관심이 없지는 않을 텐데 자식들과 남편이 먼저이지 본인은 항상 뒷전이다. 친정에 신고 간 신발을 보니 쪼리라고 하는 샌들이다. 몇 년 전 딸이 사준 것으로 기억되는데 여름만 되면 편하다고 항상 그 신발만 신고 다닌다. 친정 갈 땐 다른 신발을 신고 갈 만도 한데 이번에도 그 샌들을 신고 간 것이다. 편할지는 몰라도 외출하기에는 모양도 맞지 않고 요즘같이 비가 자주 오는 날씨에는 잘 미끄러지는 밑창이라서 위험하다. 한두 번 미끄러진 경험이 있었다.

신발장을 열어보니 빈 공간이 없이 꽉 차있다. 거의 모두 자식들 신발이고 어른 것으로 보이는 신발은 보이지 않는다. 한참을 둘러보다 아래쪽 한 귀퉁이에서 모양과 크기가 색다른 신발이 보인다. 꺼내보니 볼은 넓어져 있고 굽은 세월의 흔적이 고스란히 드러나 오래되어 보이는 신발이다. 심성이 고스란히 담겨있는 아내 신발이 확실하다. 샌들이 편해서 신고 다닌 걸까 아니면 마땅한 신발이 없어서 신고 다닌 것일까. 오늘 신발장을 열어보니 신발이 없어서 여름 내내 샌들을 신고 다닌 것 같다. 어느 날인가 신발을 파는 홈쇼핑 프로그램을 한참 보던 아내 얼굴이 떠오른다. 내가 봐도 모양이 괜찮아 보였는데 결국 사지 않았나 보다.

절뚝거리며 저녁을 차리는 아내를 보니 내 마음도 절뚝거린다. 집에 통증을 완화할 수 있는 약이 마땅치 않고 병원에 갈 시간도 한참이 지났다. 조용히 집을 나왔다. 장대비가 어느새 가랑비로 변해있다. 근처 편의점에 가서 빠른 진통 효과라는 선전 문구가 크게 써있는 파스를 사오면서 절뚝거리는 내 마음에도 파스를 붙여본다. 이번 주에는 폼도 나고 아내에게 잘 어울리는, 무엇보다 빗길에 미끄러지지 않는 신발을 사주어야겠다.

청개구리

오랜 장마 한가운데 어느 날 고향에 계시는 어머니께서 전화를 하셨다. 오랜 장마에 장마보다 더 오래된 집 천장에서 비가 샌다는 것이다. 건축업자에게 연락하여 조치를 해달라고 했는데 일손이 부족하여 며칠 걸린다고 한다. 천장, 그것도 전등이 있는 가운데에서 빗물이 똑똑 떨어지는 모습을 보며 애를 태우실 어머니를 생각하니 지체하기가 어려웠다. 급한 용무를 마치고 고향으로 출발했다. 똑똑 떨어지는 물소리가 운전을 하는 동안 환청처럼 귓전에 맴돈다.

해거름이 되어서야 고향 집에 도착했다. 늦은 마음에 몸이 먼저 재빠르게 반응한다. 방으로 들어가니 바닥에는 물동이가 있고 천장에서는 한겨울 눈 쌓인 지붕 처마 끝에서 고드름을 타고 내리는 물방물처럼 똑똑 떨어지고 있다. 불규칙적으로 떨어지는 물이 조만간 주르륵 흘러내릴 수도 있다고 걱정하신다. 천장 위에는 한가득 물이 고여 있을 것이라고 진단도 내리신다. 급한 마음에 밖으로 나와 우비를 입고 뒤뜰로 가서 주변을 살피고 있는데 깩깩깩하는 소리가 들린다.

물방울이 송골송골 맺혀있는 봉숭아 잎에 청개구리 한 마리가 앉아 있다. 가까이 가서 살펴보려고 하니 울음을 뚝 그치고 경계 자세를 취한다. 한 발 뒤로 물러서서 핸드폰 카메라로 사진을 찍고 한참을 바라본다. 비 오는날 슬피 우는 개구리! 어릴 적 아버지께서 지금과 같은 한여름 밤 집 앞 논에서 개구리 소리가 크게 들리던 날 청개구리 동화를 들려주셨다. 권선징악이나 예의범절과 관련 있는 옛날이야기를 자주 해주셨기에

개구리 울음소리를 들으시고 청개구리 이야기를 생각하신 것이다. 그땐 내가 청개구리였나 보다.

어머니의 바람과는 달리 모든 것을 반대로 하는 청개구리는 죽으면 냇가에 묻어달라는 어머니의 마지막 말씀은 그대로 따랐다. 오늘도 비가 와서 냇가의 어머니 무덤이 쓸려 내려갈까 봐 슬프게 울었나 보다. 좌로 가라 하면 우로 가고 동으로 가라 하면 서로 가는 청개구리. 아버지께서 청개구리 동화를 들려주실 때 내 행실도 청개구리처럼 앉으라 하면 서고 서라 하면 앉는 그런 아이였나 보다. 생각이 여기까지 이르자 시골집을 향해 운전하면서 듣던 라디오의 시사 토론 프로그램에서 패널들의 정치 현안에 대한 토론 방송이 떠오른다.

왼쪽과 오른쪽으로 명확하게 나뉘어 한쪽이 우로 가면 다른 쪽은 좌로 가고 옳다 하면 그르다 하고 좋다 하면 싫다 한다. 가운데는 없다. 간간이 사회자가 중간을 이야기해도 좌는 우편을 든다 하고 우는 좌편을 든다고 불편함을 노골적으로 표한다. 검은색과 흰색만 있다. 검은색한테 흰색이 되라 하고 흰색에게 검은색이 되라 하는 것이다. 그러면서 통합을 이야기하고 협치를 이야기한다. 남과 북이 통일을 하자고 하면서 통일의 방식이 극명하게 다른 것과 어떤 차이가 있는가. 내가 옳으니 내 방식대로 하는 것이 그들이 말하는 통합이고 협치인 것이다.

청개구리 엄마의 훈육을 인간이 공동체를 이루며 살아가는 데 꼭 필요한 진리나 그 사회에서 요구하는 최소한의 도덕적 기준이라 전제할 때 왼쪽과 오른쪽이 같은 방향으로 가야 하지 않을까? 이를 상식이라고도 할 것이다. 시대 상황에 따라 진리, 상식 그리고 도덕적 기준이 달라질 수는 있다. 그 기준을 바꾸려면 사회 구성원 대다수의 동의가 필요할 것이다. 그 과정에 다수의 구성원이 공감하는 기준이 정해질 때까지는 서로를 인정하고 존중하면서 인내심과 충분한 시간도 필요하다.

양손에 사과를 들고 있으면서 상대방에게 배를 달라고 할 수는 없지 않는가. 사과와 배를 다 먹고 싶으면 사과 한 개는 내려놓아야 되지 않겠는가. 가득 찬 그릇에 새로운 것을 담으려면 내 그릇에 있는 것을 비워야 덜어낸 만큼 새로운 것이 채워지고 완전한 검정 완전한 하양은 세상에 하나밖에 없으며 산천초목을 모두 표현하는 것은 불가능하다. 어느덧 비가 오는 날이면 슬피 우는 초록의 길고 앙상한 다리를 가진 개구리는 사라지고 해거름이 되자 세차게 내리던 비는 보슬비로 변해있다.

코이의 꿈

한여름 오후 소나기가 한바탕 쏟아진 후 시원한 바람이 고단함을 덜어준다. 하늘도 어느새 가을하늘처럼 파랗고 햇볕마저 따사로워 보인다. 한여름에 따사로운 햇볕이라니. 대지는 짧고 강하게 소나기가 내리고 그친 후엔 온 세상을 다시 창조한 것처럼 다른 모습으로 변신한다. 대낮을 밤으로 순식간에 바꾸어 사람들을 긴장시킨 후 순식간에 천둥과 번개를 더하여 세찬 빗줄기로 놀라게 한다. 이 소나기는 소년과 소녀의 짧지만 강하고 순수한 사랑이 될 수도 있고 반복되는 일상에 지쳐 있는 누군가에게는 다시 힘을 내어 일상을 일상으로 살아가도록 격려를 해준다. 천둥은 함성으로 번개는 스포트라이트 조명으로 그리고 세찬 빗줄기는 힘찬 박수로 격려를 해주는 것 같다.

소나기가 그친 후 창밖 탄천을 바라본다. 막 소나기가 그친 후라 평소에 많이 보이던 사람들이 보이지 않는다. 산책하는 사람들로 붐비는 도심의 냇가가 아니라 고향의 조그만 냇가로 겹쳐 보인다. 고향 마을 앞에는 크진 않지만 구불구불 물이 흐르는 냇물이 있다. 어릴 적 수영도 하고 물고기도 잡을 수 있어 여름이면 매일 냇가에 가서 놀았다. 시냇물 정도였지만 비가 오면 혼자서 냇가에 가지 못하도록 어른들이 말리곤 했으니 그리 작지는 않았나 보다. 비 온 후 세차게 흐르는 물줄기가 좋았고 냇가 옆 수풀이 우거진 곳에 물고기가 많아 어른들 몰래 물고기를 잡으러 가기도 했다. 생각이 여기까지 이르자 소나기 온 후 탄천이 궁금해졌다.

학교를 졸업하고 근처 공기업에 입사한 먼 친척 조카에게 연락했다. 탄천에 산책하러 가자고. 입사한 지 한 5년여 지났으니 잠깐 짬을 낼 정도 여유를 가질 수 있을 것 같아 근황도 알아볼 겸 소나기 온 후 탄천을 가자고 했더니 흔쾌히 동의를 했다. 상쾌하다. 땅도 촉촉이 젖어있고 비 온 후 특이한 흙냄새도 새롭다. 근황도 묻고 소나기 얘기도 하면서 걷고 있는데 징검다리가 나타난다. 잠깐 온 소나기라서 넘치지는 않지만 돌 옆을 돌아가는 물줄기가 힘차다. 징검다리를 건너는데 가장자리에 버드나무가 있고 수풀이 있는 곳에 뭔가 움직이고 있다. 시커먼 그림자처럼 보이나 자세히 보니 잉어 떼가 몰려있다. 크기도 내가 보아왔던 잉어보다 컸다. 한 자는 너끈히 넘어 보인다. 검은색 같기도 하고 진한 회색 같아 보이는 잉어들 사이에 두세 마리 정도 달라 보이는 잉어가 있다. 붉은색과 흰색 얼룩이 있는 비단잉어다. 공원의 저수지나 호수에서만 볼 수 있는 줄 알았는데 탄천에서도 비단잉어가 산다. 자연스레 비단잉어로 대화가 이어진다.

비단잉어를 서양에서는 코이라고 한다. 우리나라 보다는 일본에서 특히 인기가 많은 잉어로 화려한 색깔의 개체가 특히 귀하게 여겨진다. 비단잉어가 서양에 알려진 계기가 일본에서 빛깔과 무늬가 우수한 종을 지속적으로 개량하여 매우 다양한 품종이 있고 주로 일본에서 수출되었기 때문에 서양인들이 비단잉어를 그냥 코이라고 부른단다. 특이한 것은 이 잉어는 자기가 사는 주변 환경에 따라 몸집의 크기를 달리한다는 것이다. 조그만 어항에 있을 경우에는 겨우 5~10센티미터 정도로 자라지만 연못에서는 15~25센티미터까지 자라며 큰 강에서는 1미터가 넘게 자란다고 한다. 이를 두고 환경에 굴하지 않고 자신의 성장 가능성이나 잠재력을 무한히 발전시킬 수 있다는 뜻에서 '코이의 법칙'이라 한다.

내가 살아온 환경은 조그만 어항일까? 아니면 큰 강은 아니더라도 수족관이나 연못 정도는 되었을까? 조카가 위로한다. 요즘은 인생 100세 시대이니 이제라도 큰 강으로 갈 수도 있고 시간도 많단다. 뜻하지 않게 조카가 시원한 소나기를 내려준다. 이제 막 신입사원 시절을 벗어난 조카에게 묻는다. 본인은 지금 어디에 있냐고. 한참을 생각에 잠긴 후 말한다. 공기업에 합격했을 땐 큰 강을 만난 것 같았는데 지금 생각해 보니 겨우 조그만 어항 속에 있는 느낌이라고. 하루하루 일상을 바쁘게 살아왔는데 조그만 어항에서 안주하고 있었던 것이라고. 많은 것을 하였고 자신의 성장과 변화를 위해 노력한 것 같았는데 겨우 회사일만 한 것 같다고 풀이 죽어 얘기한다.

나도 조카에게 시원한 소나기를 내려준다. 스스로 소나기를 내리게 하면 어항도 넘치고 연못도 넘치고 시냇물도 넘쳐서 큰 강으로 나아갈 수 있지 않겠냐고. 탄천의 잉어도 비가 많이 와서 냇물이 크게 불어나면 한강으로 헤엄쳐 가는 잉어가 있지 않겠냐고. 이제는 소나기를 만나면 넘치는 어항을 두려워 말고 힘차게 뛰어넘어 큰 강을 향해 나아가자고 서로 다짐을 해 본다. 소나기가 온 후 짧은 탄천의 산책을 마치고 서로의 소나기를 생각하며 큰 강으로 나아가는 코이의 꿈을 간직하고 일상으로 돌아온다.

최윤경

예쁘게 물든 잎새들을 살필 틈도 없이
이 가을이 지나쳐 가고 있습니다.
아픈 이별, 그리고 반가운 상면의 기쁨,
모두 살아있음의 징표이겠지요.
새로이 첫발을 내딛으며 결실의 계절
모두가 행복하시기를 기원합니다.

시

긴 사색의 봄나들이
봄꽃 약속
기적 소리엔 그리움이 있다

수필

내 나이 쉰일곱, 어린 시절 추억의 단편
봄밤에 흐르는 비창

약력

한양대학교 음악대학 졸업. 숙명여대 음악치료대학원 수료. 한국 음악 치료학회 정회원 역임. 한국 MBTI 전문가 일반 강사. 음악주간 신문 지도위원 역임. 방송작가 음악 프로그램 과정 이수. 번역서 : 로맨스소설 『행복을 찾습니다』 외 다수.

긴 사색의 봄나들이

따스한 봄바람을 맞으며
산울림 소극장에 다녀왔다
가벼운 바람에 실크 스커트 자락이
기분 좋게 휘감기고

봄볕을 즐기는 젊은 인파 속을 누비며
홍대 언저리의 낭만과도 마주했다

나의 황홀한 실종기

지나온 모든 일상과의 휴전 속
파편화된 과거 기억의 소환
치매, 슬픈 노년의 그림자

거친 듯, 투박한 듯 적나라한 표정과 몸짓
인간의 내면을 자극하는 진솔한 언어의 유희
가슴을 타고 흐르는 눈물. 카타르시스

연극에는 음악회와는 확연히 다른 감동이 있다
멋진 강가에서 유려한 물살의 흐름을 바라보며

느끼는 정제된 감동이 음악에 있다면

연극은 서프보드로 파도를 타며 온몸으로 체득하는
현실적인 감동을 준다
마음에 새로운 돌파구가 필요할 때 기댈 수 있는 도구들
봄옷으로 잘 차려입고 긴 사색의 봄나들이었다

봄꽃 약속

흐드러진 벚꽃의 향연도
매정한 봄바람과 찬비에
곧 끝이 날 텐데

봄꽃 피면 함께 하자던
설레는 약속
일상에 매달려 미루어지고만 있다

문득 나를 기다리게 하는 사람의
결점을 셈한다는 프랑스 속담이 떠오른다

어서 서두르자
봄꽃이 지기 전에

흩날리는 꽃 속에 앉아
달콤하고 부드러운 특제 치즈를 만든다
블루베리 치즈, 망고 치즈, 건 무화과 치즈

하얀 페이퍼 포일에 예쁘게 말고
분홍빛 리본 매어서
마음은 벌써 그리운 이들을 향해 달려가고 있다

기적 소리엔 그리움이 있다

고요한 정적을 꿰뚫고
홀연히 떠나가는 기적 소리

마음 한 켠을 꼬옥 붙들고 매달리는
시리디시린 긴 여음

서서히 사그라드는 저편으로
불현듯 떠오르는 한 조각의 인연

가슴 깊이 접어두었던 은밀한 미련은
허허롭던 바람결에 날려
흔적조차 없이 지워졌다 믿었다

이제는 저만치 떠나가 버린
세월을 부여안고
녹아내릴 듯 사무치는 그리움에 사무치다

마음 깊은 곳을 두드리는
이 그리움

내 나이 쉰일곱, 어린 시절 추억의 단편

올해도 이제 얼마 남지 않았다. 내 나이도 흐르는 시간 속으로 지나쳐 가고 있다. 타샤 튜더 여사가 삼십여만 평의 땅을 개간하여 동화 같은 정원을 만들기 시작한 나이 쉰일곱. 2014년도의 내 나이. 오래전부터 막연하게나마 쉰일곱의 당찬 꿈을 키우며 계획해 왔는데, 막상 현실은 헬리콥터 맘이 되어 아직 뱅뱅 두 아이 머리 위를 맴돌고 있었다.

어릴 적에 할아버지께서 가꾸시던 우리 집 정원은 참 예쁘고 근사했다. 휴일이면 늘 뒷짐을 지신 손에 꽃가위가 있고, 정원을 탐색하듯 다니시던 할아버지. 안쪽 마당 앞에는 하얀 아치를 타고 흐르던 붉은 장미 넝쿨. 빛깔 고운 장미꽃들. 연보라와 하얀색의 수국, 아이보리 빛 유카나무꽃, 하얀 라일락 꽃향기, 커다란 돔 형태의 서향, 대문 옆에 한가득 피어있던 연 분홍빛 작약, 탐스러운 목단 꽃봉오리.

멋있는 소나무 아래 흔들리는 아스파라거스 잎, 커다란 바나나 잎에 매달려 있던 이슬방울, 내 방 창문 앞에는 커다란 히말라야시타가 푸르게 날 늘 지켜주었다. 높다란 쇠봉에 매어진 안락한 그네 두 개. 바닥에는 아주 고운 황금빛 모래가 깔려있어 그네를 타다 말고 맨발로 모래 놀이를 하던 그 기억이 참 좋다.

집 뒤편 두레박 샘에는 하얀 세모 지붕이 있고 그 위로 타고 올라 피었던 연보랏빛 등꽃 넝쿨. 널따란 장독대 옆에 커다란 자두 나뭇가지가 휘어져 내리고 붉은 열매들이 주렁주렁 열려있어 한 알을 고사리 손에 쥐어보면 꽉 차서 넘치던 그 설렘. 잎사귀에 숨어 열려 있던 보석처럼 반짝이던 빨간 양앵두. 앞뜰 예쁜 장미꽃들 사이로 펌프 샘이 있고 가득 채워진 물통 속에 꽃잎을 띄우며 물놀이하던 예쁜 기억들.

12월이면 커다란 화분에 잘생긴 소나무를 심고 실내로 들여와 아빠가 만들어주셨던 크리스마스트리. 예쁜 카드들과 색종이, 하얀 솜, 실에 매달아 건 귀한 초콜릿과 사탕들. 캐럴에 맞춰 아빠의 뒤를 따라 빙빙 돌며 행복해하던 우리 네 남매.

많은 세월이 흐른 지금도 그 예쁜 기억들은 고스란히 내 마음속에 각인되어 있다. 유년의 행복한 기억들과 넓고 아름다운 그 꽃 대궐을 흑백사진으로라도 추억할 수 있어서 참 다행이다. 할아버지께서 가꾸셨던 아름다운 정원. 향기롭고 빛깔 고운 행복한 그 시절을 그리워하며 난 아직도 타샤 튜더의 동화 같은 정원을 가꾸어 보리라 꿈꾸고 있다.

봄밤에 흐르는 비창

화사한 꽃을 한 아름 안고 휘날리는 꽃비를 맞으며 들어선 대공연장. 정갈하고 잘 정돈된 오케스트라. 하얀 지휘봉을 따라 음표들이 어두운 공간 속에서 날다가 내 귀에 내려앉는다. 차이콥스키의 〈비창〉. 오케스트라의 흐느낌과 격정 속에 새로운 감동으로 나를 이끈다. 불어난 강물이 몰아치듯 흐르는 선율. 그 안에 숨죽이며 갇혀 있는 나.

오케스트라 중앙의 금빛 플루트에 집중한 채 숨 한 오라기 틀어질세라 연신 두 손을 비벼대며 딸의 표정을 응시했다. 걸음마를 막 시작하고 메트로놈을 사기 위해 함께 들른 악기점에서 바이올린을 보고 두 눈을 반짝이며 "빠이롱 사주세요."라고 말하던 아이. 십육분의 일 사이즈의 악기를 주문해 놓고 집으로 돌아오던 차 안에서 내내 뾰로통했던 얼굴.

악기가 제 손에 들렸을 때 손에 꼭 쥐고 목에 대어보며 행복해하던 그때 그 표정. 모두 잊을 수 없는 기억이다.

여덟 살의 봄. 주말 아침 티브이 속 제임스 골웨이의 연주 실황을 꼼짝 않고 보던 아이가 갑자기 플루트를 하겠다고 했다. 화려한 금빛의 악기 모양과 청아한 음색에 매료된 듯했다.

그렇게 시작된 음악인의 길이었다. 플루트는 작은 사이즈가 없어 어린 아이에게는 무리였다. 너무나 단호하고 간절한 바람에 플루트를 시작하기는 했지만 조그만 체격으로 버틸 수 있을까 하는 의구심이 들었다. 그러나 커다란 악기를 들고 즐거워하며 잘 이겨내는 모습이 참 대견했었다. 딸이 무대에 설 때마다 함께 연주하는 것처럼 두 손을 꼭 쥐고 앉아 견뎌온 시간들이었다. 콩쿠르, 협연, 뮤직 캠프 참여와 하루 십여 시간씩의 연습에 힘들어할 때는 너무 일찍부터 한 길을 가게 한 것은 아닌지 자책을 한 적도 많았다.

유학을 다녀오고 오케스트라 연주와 제자들을 지도하는 힘든 과정 속에서도 늘 웃으며 긍정적인 플루티스트. 참 감사하다. 욕심내지 않고 자신의 꿈을 소중하게 잘 가꾸며 살아가는 삶이 성공한 인생이라고 생각한다.

봄 정기 연주회에 축하 꽃다발을 들고 참석해 지나온 많은 일들을 기억해 냈다. 따른 나에게 또 하나의 벅찬 감동을 선물해 준 셈이다. 차이콥스키의 〈비창〉이 아직도 내 귓전에 흐르고, 꽃비가 소복하게 쌓인 아름다운 봄밤에.

시계문학 열다섯 번째 작품집

사람의 품격

사람의 품격